JN114914

クレイジー・ホース物語

THE STORY OF CRAZY HORSE

エニッド・ラモンテ・メドウクロフト 著

髙木悌子 訳

文芸社

クレイジー・ホース物語◎もくじ

カーリーは川へ飛び込んだ

第1章　謎の使い

　サクランボが黒くなる月と呼ばれている８月。間もなく太陽が白人の国のある東から、広いミズーリ川を越えて長い一日を歩き始めるのだ。

　しかし、ニオブララ川沿いに立っている丸いティーピー[注1]の上には、まだ青白い星が２つ３つ輝いていた。平和なインディアンの集落では、すべてが静まり返っていた。

　オグララの少年、後に父の名を受け継いでクレイジー・ホースと呼ばれるカーリー（ちぢれ毛、巻き毛、くせ毛）少年を喜ばせるにはあまりに静かすぎるのだった。バッファローの毛皮の寝床の中で目をぱっちり開けて横たわり、夜が明けるのを待ち構えていた。じっと耳を澄まして。そばでは父の安らかないびきが聞こえ、反対側からは母と姉ブライト・スター（輝く星）の規則正しい寝息が聞こえてきた。すぐ横には弟のリトル・ホーク（小さな鷹）が寝言をつぶやいていた。

　カーリーは肘を立てて上体を起こし、待ちきれずティーピーの出入り口を見やった。まだ、入り口を覆っている垂れ幕の下に細い灰色の明かりが一筋見えただけだった。がっかりしてカーリーはまた横になり、再びじっと耳を澄ませた。

　ブラックバードは目覚めて、川の近くのイグサの中で

5

チュチュチュと鳴いていた。ティーピーにつながれていた1頭の馬がいなないた。すると丘の上の大きな一群の馬たちがいななき返すのだった。それからやっと集落の端から朝を告げるクライヤー（触れ役）の叫び声が響いた。

「クークー、起きろ、皆、クークー！　起きるんだ！」

と、クライヤーは大きな集落のティーピーの周りをゆっくりと叫びながら回り始めた。

カーリーはクライヤーの口から第一声が出る前にはもう寝床から飛び出して、出入り口の垂れ幕をあげ、外に出ていた。太陽が昇ってきてすばらしい天気だった。カーリーは「ワーイ！」と喜びの声をあげ、体を洗いに川に向かって走っていった。急いで腰布につけていた生皮の長い脚あてを外した。そして、腰布をポイと放り出すと水の中に飛び込んだ。水は冷たくて、すぐにぱちゃぱちゃと水面に浮き上がってきた。子どもたちがおおぜい一斉に川めがけて走ってきた。その1人にカーリーは呼びかけた。

「向こう岸まで競走しようよ、ヒー・ドッグ（雄犬）！」

ヒー・ドッグは笑って、水に飛び込みながら大声で言った。

「両腕を縛って泳いでも俺の勝ちだよ」

2人は共に向こう岸に達した。ヒー・ドッグの方が先で、ニヤリとしてカーリーが水面に顔を出すのを見つめた。

「俺が勝つと言っただろう。お前はまだ小さいんだ、カーリー、まだ9歳なんだから」

濡れた髪を振り払い、滴を飛ばしながらカーリーは答えるのだった。

「すぐに大きくなるさ、いつかきっと打ち負かしてやるから、待ってろよ」

すると、ヒー・ドッグがカーリーの声をさえぎって言った。

「ほらローン・ベア（1人ぽっちの熊）とリトル・ビッグ・マン（小さな大男）がやってくるぞ」

カーリーがヒー・ドッグの肩越しに目をやると、もう2人の少年が川を横切ってこちらへ泳いできていた。しばらくの間4人の少年は水をかけ合ったり、お互いに沈め合ったりして水の中で遊んだ。それからまた川を泳いで戻り、震えながら高い岩の土手に立って、その朝何をしようかと計画するのだった。ヒー・ドッグは矢投げゲームに参加することにしていたが、他の者たちは狩りに行くことに決めた。そして、リトル・ビッグ・マンが、自分の赤茶色の銅のような体を両手でたたきながら言った。

「朝飯を食ったらすぐ出かけよう。曲がった松の木の下の赤い岩のところで落ち合うぞ」

「馬も一緒に？」

カーリーが尋ねると、リトル・ビッグ・マンはうなずき、茂みの下に置いていた腰当をつまみ上げてそれを身

につけた。他の子どもたちもきちんと身づくろいして、それぞれ自分のティーピーに向かった。

　このころまでには、集落の人々は皆起きていた。太陽はキラキラ輝き、戦士のティーピーにはどれにもその外側に、羽根の付いた弓矢や色を塗った盾が立てかけてあり、太陽がそれを照らしていた。切り目を入れた肉を料理する煙がゆっくりと立ち昇っていた。

　男たちはすでに矢を研いだり弓を試してみたり、数人が小さな輪を作って立ち話ししていた。女たちはおしゃべりしながら、寝具を日光の下で振ったり、杭で地面に張ってあるバッファローの皮をこすったりしていた。少女たちは木々を拾い集めたり、川から水を運んでくるのに行ったり来たりしていた。裸の幼子たちは地面の上を飛び跳ねていた。そして、おんぶ（背負い）板[注2]の上のキラキラした瞳の赤ん坊たちは、それぞれ近くの木々の枝に吊るされて揺れていた。

　カーリーの母親は自分のティーピーの入り口に立って、ヤマアラシの尾のブラシで娘のブライト・スターの真っ黒な髪を梳いていた。カーリーが息を切らして走ってくると、母親は言った。

「鍋に温かい肉があるよ」

　母のブラシで髪がもつれてうなりながらブライト・スターが言った。

「みんな食べてしまってはダメよ」

　カーリーはクスクス笑い、大きな鉄の鍋の中を覗くと

8

叫んだ。

「ワァー、オグララ族全員の分が充分あるよ、ああいい匂いだ！」

　そして、大きな角のスプーンに、濃いスープとバッファローの肉を掬った。スープから手で肉を一切れつまみ上げて口に入れた時、父がティーピーに入ってきた。すると、父は驚いて言った。

「カーリー、忘れたのかワカン・タンカを！【注3】」

　カーリーの顔が赤銅のようにパッと赤らみ、急いで、やっとのことで肉を飲み込んで言った。

「ごめんなさい。どうか許してください、偉大なるワカン・タンカ！」

　それから、注意深く「偉大なる精霊」ワカン・タンカへの食べ物を持ち上げ、それを空へ地面へ、東、西、南、北の四方へと捧げた。父は言った。

「さあ、もう、腹いっぱい食べていいぞ。だが、我らをここに導いてくれたのも、我々に必要なものはなんでも与えてくれるのがワカン・タンカであることを常に心に留めておくのだ。忘れてはならない」

「はい、忘れません」

　カーリーは真面目に約束して、スプーンを差し出して言った。

「お父さん、これ食べる？」

「後でな、今からやらなくちゃならんことがあるのだ」

　父クレイジー・ホースは答え、それぞれの家族の

ティーピーが円をつくって並んで取り囲んでいる、集落の真ん中に立っている大きな会議場のティーピーの方へ歩を進めた。カーリーは誇らしげに父の姿を見やった。

父クレイジー・ホースは部族の中でもホーリー・マン [注4]（聖なる人物）だった。オグララ族の民は、父が月の裏側にあるものを見ることができると信じていた。だから人々は悩みごとがあったり、困ったことがあると父に相談した。

チーフ（族長）でさえも、アドバイス（父の意見）を求めてやってくるんだ、とカーリーはいい気持ちでまた肉をほおばって思った。だけど、僕はホーリー・マンにはならないんだ、僕はハンプ（こぶ）のような偉大な戦士になりたいんだ、と思った。

と、そこへリトル・ホークが犬を追いかけて目の前に突進してきて、カーリーは飛びのいた。大きな角のスプーンからスープが地面にこぼれ落ちた。カーリーは残りを慌ててすすり、スプーンを鍋に戻した。それからティーピーの中に入っていった。

ティーピーの裏側、ちょうど入り口の反対側にはパーフレッチ [注5] という生皮の箱がきちんと積み重ねてあった。それはバッファローの皮で作られ、鮮やかな模様が描かれていた。カーリーはそのパーフレッチの1つを開けて、生皮のさやに入った1本のナイフを取り出して自分のベルトに差した。それから、パーフレッチを閉めて、自分の寝床近くのティーピーの柱に吊るしてあった弓と矢の

筒のところに来て、自分の寝具の上に矢をおろして数え始めた。子ども用の鋭くない矢が5本と、父の友だちのハンプがカーリーのために作ってくれた、尖った鏃のある鋭い矢が2本あった。カーリーはそれらを矢筒に戻して見上げると、横に姉のブライト・スターが立っていて、自分の長い三つ編みの髪を両肩の上にはね上げながら言った。

「お前が知らないこと、私、知ってるよ」

カーリーはニヤリとして姉をからかった。

「女の子の言うことなんて、木のてっぺんに吹く風ほどの価値もないんだぜ」

姉のブライト・スターは急いで言った。

「これはね、大事なことなの。昨日の晩、あんたが寝たあと、チーフのスモークがお父さんと話しに見知らぬ人をここに連れてきたのよ。そして私は聞いたのよ、その人はね、メッセンジャー（使いの者）……なんだって」

「ブライト・スター！　2人一緒にバッファローの皮を削れるようにスクレイパーを取りにやったのに、何をぐずぐずしてるの！　カーリーとおしゃべりばかりして、朝の大切な時間を無駄にするんじゃないよ」

とティーピーの外から母の声がしたのでブライト・スターはしかめ面をして弟に言った。

「残りは後で話すわ」

と弟に言うと、スクレイパーを2つ見つけて急いで外へ出ていった。

カーリーは、何を立ち聞きしたんだろうと思いながら姉を見送った。使いの者はブルーレ族やミネコンジョー族や他の仲の良い部族から、たびたびカーリーたちの野営地にもやってきていた。それに女の子っておかしな生きもので、小さなことを大げさにしてしまうものだ。カーリーは男でよかったと思った。カーリーは矢筒を肩に引っかけ、バッファローの毛を三つ編みにして作ったホールター（轡）を取り上げた。そしてすぐに馬が草を食んでいる丘に向かって走り出した。

馬の群れは大きかった。なぜなら、オグララ部族は年に数回野営地を移動するので、各家族どうしてもたくさ

んの馬が必要だったのだ。カーリーのまだら馬はいつもと変わりなかった。馬はカーリーがホールターをはめている間静かに立っていた。

　カーリーは馬のたてがみをつかむとその背中にぶら下がって乗り、群れの番をしている年上の少年に手を振って、曲がった松の木のある赤い岩めがけて走り去った。

　ローン・ベアはもうそこに来ていて、リトル・ビッグ・マンは生皮のロープを携えてちょうどやってくるところだった。それから3人揃うと、一緒に森の中へと出発した。

【注1】ティーピー：北米インディアンが居住するテント小屋。数本の棒を立て、それを頂点で結び合わせて獣（バッファロー）皮を張る

【注2】おんぶ（背負い）板：アメリカインディアンが赤ん坊を後ろ向きに固定して背負うのに使う

【注3】ワカン・タンカ：アメリカインディアンのスー族にとっての創造主、宇宙の真理。大いなる神秘のこと。

【注4】ホーリー・マン：シャーマン（まじない師）神々や霊界との媒介役、病魔退散の祈禱や予言を行う

【注5】パーフレッチ：野牛（バッファロー）などの生皮を灰汁と水に浸して毛を取ったあとで乾燥させ、その皮で作った箱（袋、服ほか物入れ）

【注6】スクレイパー：削り道具

第2章　死んだ方がまし

　３人の少年は馬で森を走り、集落からかなり離れたところまでやってきた。それから３人は自分の子馬を小さなナナカマドの木につなぐと、今度は歩いて獣や獲物の足跡に注意深く目を凝らしながら歩いていった。

　突然、ウサギが１匹茂みから飛び出してきた。とっさにカーリーは弓に鋭い矢をつがえて（当てて）放つと、ウサギはひっくり返って死んだ。喜びの笑みを浮かべて、カーリーはウサギを拾い上げて矢を引き抜いた。それから、ウサギの頭を生皮の脚当てのベルトにはめ込んで、自分の横腹に死んだウサギをぶら下げてさらに歩き続けた。

　それからすぐに、ローン・ベアがリスを射ぬいた。カーリーはもう１匹ウサギを狙ったが失敗だった。それから、リトル・ビッグ・マンが鹿の足跡をいくつか見つけた。少年たちは膝を曲げて調べた。ローン・ベアはその足跡は古いと言ったが、カーリーはそうは思わなかった。カーリーはすっくと立って言った。

「だけど、今朝できたばかりの露が足跡の上にあるだろう、きっと雌鹿が通ったんだと思うよ。どこへ行ったか見てみようよ」

　３人は小川に沿って野生のリンゴやチョークベリーのあたりを、足跡を追って歩いていった。突然先頭のリト

ル・ビッグ・マンが手をあげて、2人に合図して指さした。

「静かに！」

　前方の小さく開けた草原に、大きな栗毛色の小鹿が1頭草を食べていた。ローン・ベアはそっと矢に手を伸ばすと、

「やめろ！　野生の馬を捕まえるように奴を捕らえて飼いならそうよ」

　リトル・ビッグ・マンはそう言って、ロープをほどき、端に輪を作ってからカーリーにささやいた。

「さあ、カーリー、鹿を呼ぶんだ」

　カーリーはハンプが教えてくれたように、指を唇に当て小さな鳴き声をたてた。それは雄鹿が小鹿を呼んでいるように聞こえた。栗毛の小鹿は頭を上げた。カーリーがもう一度呼ぶと小鹿はカーリーの方へ2、3歩動いた。それから、戸惑ってじっと立ち止まった。その瞬間、リトル・ビッグ・マンがロープを投げた。ロープの輪が小鹿の首にかかった。小鹿は驚いて叫び声をあげ両足をあげて飛び跳ねた。

「ロープを摑むんだ！」

　とリトル・ビッグ・マンが叫ぶと、カーリーとローン・ベアは2人でロープを摑んだ。3人がかりで暴れる小鹿をやっとのことで1本の木の近くに引っ張った。ローン・ベアがロープの端をその木の周りに巻きつけた。息をハアハア言わせてその小鹿は静かに立った。それか

15

ら再び飛び跳ねた。2人はロープをグイッと引っ張って小鹿を木の方に引き戻した。

「すぐに力尽きるさ、だから静かになったらこいつを家へ引っ張って帰って囲いを作ろう」

リトル・ビッグ・マンはそう言って、地面に座って待った。あとの2人はしばらく横に立って震える小鹿を見つめていた。小鹿は、茶色の目に恐怖をいっぱいにたたえて子どもたちを見つめた。突然、また前の方へ飛び跳ねたが逃げ出すことはできなかった。

なぜだかはっきりとは分からないが、カーリーは変に落ち着かない気持ちを感じ始めていた。小鹿が自由になりたいと、それほど抗うのを見て涙があふれてきた。急

にそれ以上耐えられなくなって、ベルトからナイフを引き抜くと走って小鹿のところに行き、急いで首の引き縄のロープ[注1]を切って、カーリーは小鹿のわき腹をたたいて言った。

「さあ、行け！　行け！　行けと言ってるんだ！」

　小鹿は弾んで逃げた。リトル・ビッグ・マンは飛び起き立ち上がって、カーリーに向かって怒って怒鳴った。

「どうしたんだ！　気でも狂ったのか？　なんてことしたんだ！」

「自分でも分からない。小鹿があんなに自由になろうともがいているし、囲いの中に閉じ込めるなんてひどいよ。僕の方が死にそうだよ」

　とカーリーは言い、慌てて下を向いたのでカーリーの泣き顔は2人には見えなかった。ローン・ベアがすぐに言い返した。

「けど、小鹿はお前だけのものじゃないだろう。俺たち皆のものでもあるんだ。お前に逃がす権利はないぜ。カーリー、お前はその埋め合わせに俺たちに何かくれなきゃ」

「このウサギをあげるよ」

　とカーリーはかすかな声で言って急いで涙を拭くと、チョークベリーの茂みに置いていたウサギを取りに走っていった。戻ろうと向きを変えた時、ローン・ベアとリトル・ビッグ・マンも同時にウサギのところに来ていた。

「俺たちがウサギを半分ずつ持って帰ったら、ちょっと

17

変に思われるよね。とにかく、腹がへった。これから皆で焼いて食べようよ」

　とローン・ベアが言うと、リトル・ビッグ・マンも賛成し、ローン・ベアとカーリーが火をおこしている間、ウサギの皮を剥いだ。そのうち小鹿のことは３人ともすぐに忘れてしまっていた。間もなく、少年たちは薪の上で柔らかな肉の塊を焼きだした。

　食べ終わった時には、太陽はもう西に傾いていた。リトル・ビッグ・マンは横の草の中に置いていた自分のナイフを拾い上げ、それを何回か地面に突っ込んで汚れを落とした。それから、ローン・ベアが尋ねると、リトル・ビッグ・マンが答えて言った。

「僕もそんな白人のナイフが欲しいなあ。どこで手に入れたんだい？」

「父さんが、白人の道の交易所で俺に買ってくれたんだ。赤い毛布やたばこもね。３頭のバッファローの皮と交換してね。でも、それは兵隊たちがそこ（交易所）へやってくる前だけどね」

　カーリーは不思議そうに顔を上げて訊いた。

「兵隊だって？」

「そう、青い制服を着た兵隊さ。兵隊がララミー砦にやってきて、商人たちは道を下って他のところへ移ったのさ。父さんがそう言ったんだ」

　リトル・ビッグ・マンは答えた。

「君の父さんは青い制服の兵隊を見たの？」

　ローン・ベアが尋ねると、リトル・ビッグ・マンはうなずいて言った。

「その兵隊たちはサンダー・スティックス（マスケット小銃）を持った歩兵で、大した人数ではないんだ」

　それから生皮のケースにナイフを収め、膝を曲げて火を踏んで消し始めた。ローン・ベアも立ち上がって彼を手伝った。しかし、カーリーはまだ両膝に顎を押し付けてじっと座って、青い制服の兵隊のことを考えていた。

　子どもながらに、カーリーは兵隊がいる砦をよく見かけたことがあった。それは白人がオグララの狩場を通りぬけて作った道の近くだった。オグララ族が野営をする時その道の近くで、カーリーは何度も西へ向かう白い幌馬車の長い列を見ていた。そして、見たことのない、色の白い人々が時々砦の近くに幌馬車を止めて休んだり、料理したりしているのを見たことがあった。ある時は、色の白い赤ん坊と遊んだことがあって、その赤ん坊の母親が「砂糖」という甘い白い砂をくれて食べたことがあった。

　しかし、それらはすべてカーリーがとても小さい時のことだった。そのころから、リトル・ビッグ・マンの父のようなオグララの戦士たちは、時々取引のために砦に出かけていた。部族全体は何年もそこへは行ったことはなかった。いつか砦をもう一度見てみたいな、そして……とカーリーが思った時、突然ローン・ベアに足を突かれてカーリーは飛び上がった。ローン・ベアが言った。

「さあ、ぼんやりしてないで出かけるぞ。家へ帰るんだ」

　3人は弓を拾い上げた。両肩の矢筒を揺らして、子馬のところまで走っていくと、すぐに集落に向かって森を抜けて馬を走らせた。集落が見えてきた時、何か異常なことが起こっているのをすぐに感じた。老人、女、子どもたちまでが皆、真ん中の大きな会議用ティーピーをぐるりと取り囲んでいた。ティーピーの両側は巻き上げられ、会議ロッジ（場所）にはたくさんの戦士が集まっていた。戦士たちは互いに丸く輪になって座っていた。何人かはけんか腰のように見えた。また、笑っている者もいた。そして、騒々しい話し声でざわついていた。

　子馬から滑り下りて馬を放すと、何が起こっているのか知ろうと急いだ。カーリーは母が姉のブライト・スターと弟のリトル・ホークと一緒に群衆の端に座っているのを見つけて走っていき、横にしゃがんだ。

「あの男が逃げたのよ」

とカーリーが口を開く前に、ブライト・スターが言った。

「男って誰？」

とカーリーが興奮して尋ねると、姉のブライト・スターが話しだした。

「私が話していた使いの者よ。彼は白人の兵隊の使いでやってきて、私たち皆に集まるように言ったのよ。そうしたら大きな宴会に招待するって」

20

　すると、母親の方に身を乗り出して弟のリトル・ホークが割り込んで言った。
「それから、贈り物！　白人からたくさんの贈り物があるんだって。でも戦士たちの中には行きたくないって者もいるかも……」
「シー、静かに！　ハンプが話すから、聴くのよ！」
　と母親が鋭く言った。
　カーリーは鶴のように首を伸ばして、皆の前にすっくと立った背の高い戦士を見た。ハンプの三つ編みの長い髪は毛皮で巻かれ、頭には1本の鷲の羽根がまっすぐに結び付けてあった。ハンプがバッファローの礼服を重々

しく自分の胸の前で両腕を交差させてたたんだ時、カーリーは世界中に彼ほど立派な戦士はいないと確信するのだった。カーリーは彼の言葉を熱心に聴いた。

「友よ、私にはこのような白人たちは理解できない。我々はいつも彼ら白人たちとよい友であった。まあ、数人の若者たちが白人の道で旅人たちと小さないざこざをおこしたことは承知している。しかし、我々の間に戦いがあったことはない。しかしながら、白人たちは我々の土地に兵隊を送ってきた」

と、ハンプは深い静かな声で話し始め、

「そして今、協定とかいう話し合う会議に我々を招待してきた。そして、我々に贈り物をすると言う。その代償に白人が我々に何を望んでいるのか私には分からない。しかし、我々はそれを知るために砦に行かねばならないと思う」

と結んだ。

「我々は白人と一切関係を持ってはならないと、私は言いたい。奴らのサンダー・スティックスのお蔭で、すでに多くのバッファローが怖がって逃げ出している。白人の吐く息には皆気分が悪くなる。だが日に日に、より多くの白人が我らの土地に押しかけてきている。これからもっと、もっと、やってくる！　手遅れになる前に追っ払ってしまおう」

と、レッド・クラウド（赤い雲）と呼ばれる若い戦士が叫んで言った。

「ホー！」

　と数人の戦士が同意の叫び声をあげた。その上、1人か2人、女たちまで「ホー！」と叫んだ。

　それから、部族長のスモークが立ち上がりゆっくりとこう話した。

「我々の勇敢な若い戦士であるレッド・クラウドは少々乱暴な言い方で言っている。レッド・クラウドはもっとたくさんの白人たちがやってくると言っている。だが、もう、そんなに多くは来られまい。私はもう年老いたが、白人たちは私が子どものころから、この我々の地を通ってきている。白人たちは皆太陽が沈む西部に向かって旅をし、ほとんどは戻らない。間もなく東部には誰もいなくなるだろう。だから、白人を追っ払おうという話し合いなど止めよう。彼らは我らの友であるのだから。彼らと平和を守り、カウンシル（話し合い）[注2]に行こう」

　すると、

「ホー！　ホッポー！　行こう、行こう！」

　と、多数の大きな強い声が上がって話し合いは終わった。チーフ・スモークは、出発は明日だと宣言した。集まりは解散され、皆白人のいうカウンシルや、兵隊や贈り物のことなどを話しながら、それぞれのティーピーに戻っていった。

　その夜、カーリーは非常に興奮してなかなか寝つけなかった。そして眠ってから、不思議な夢を見た。夢の中

の自分は、首に長いロープの付いた小鹿だった。2人の白人兵が広い道を小鹿の自分を引きずっていた。突然、1人が向きを変え、手にリトル・ビッグ・マンのナイフを持ってカーリーめがけて走ってきた。夢はそれで終わった。

　次の朝、目が覚めた時も、それはまだ鮮やかに心に残っていた。カーリーはすぐに母親にその夢のことを話しかけたが、母はティーピーの解体で忙しく、聞いてはくれなかった。そして、そのまま野営地移動のどさくさで、そのことは忘れてしまった。

　集落中の女たちは皆忙しく、行ったり来たりしてティーピーを取り外し、バッファロー皮の衣類や寝具をたたみ、それをパーフレッチの中にしまった。少年たちは数人、馬たちが草を食んでいる丘から馬で駆け下りた。朝食の肉を食べ終わるとすぐ、運搬用のトラボワの心【注3】棒が、荷馬や数匹の犬の引き具に取り付けられた。パーフレッチや料理用鍋などの家事用具はもちろん、ティーピーのポールや屋根や覆いも、いくつかのトラボワに積み込まれた。そして、老人や幼子たちはその荷の上に乗った。それ以外の者はこの時までに、皆馬の背に乗っていた。チーフのスモークを先頭に、それぞれの家族はそれぞれの位置に並び長い列を作った。太陽が空の真ん中くらいのところまで来るずっと前には、オグララ部族はもう出発していた。

　五日後、皆はララミー砦のすぐ南にあるララミー・ク

24

リークに、それぞれの家族のティーピーを建てて集落を
作った。

【注1】引き縄：引けば締まる結び方をした輪
【注2】カウンシル：協議会。この章では1851年ララミー砦
　　　　条約締結のために開かれたものをいう
【注3】トラボワ：2本の棒を枠で結び合わせて家畜（犬や
　　　馬など）に引かせる運搬用具

第3章　白人の約束

「幌馬車だ！　ホカ、ヘイ！　ホカ、ヘイ！」

　カーリー、ローン・ベアそしてヒー・ドッグは6台の幌馬車の列を見かけると、まるで戦士のように叫び声を上げながら埃っぽい道を馬で駆け下りた。最初の幌馬車のところに達した時、3人はくるりと向きを変えて並び、幌馬車がどれも転がるように進むのをじっと見つめた。

「ここの幌馬車はどれも今朝見たのほど大きくないね。ほら、小さな赤ん坊を1人抱いた色の白い奥さんがいるよ」

　カーリーが言うと、

「赤ん坊は2人だよ」

　ヒー・ドッグがカーリーの間違いを正し、それから尋ねた。

「そして、火のように真っ赤な色の髪をした女の子や、次の幌馬車の中の男の子が持っているのは何かな？」

「山猫の赤ん坊みたいだよ、真っ白だけど。それに、ほら、奴らのまだらのバッファローもあとからやってくるよ。臭い！　鼻をつまめ」

　ローン・ベアが答えて言い、茶色と白の雌牛の小さな群れがいちばん最後の幌馬車の後をのろのろ歩いてついてくるのを見ると、自分の子馬を後ろに引いて道を空けた。やせた黒馬に乗ったそばかすの少年が雌牛たちを

守っていた。カーリーはその白人の少年に友だちのように手を振って挨拶した。

　しかし、白人の少年は、西へ向かう他のたいていの旅行者たちのように、インディアンに関する怖い話をいっぱい聞いていた。そして、その少年は白人と敵対する部族と、そうでない部族との違いが分からなかった。彼にとっては、すべてのインディアンは同じで皆悪いインディアンだった。そこで、その少年はオグララの少年たちをにらみつけて、自分の雌牛の1頭に向かって鋭く叫びながら、3人の前を馬で通り過ぎた。

「いったいどうしたんだ？　俺たちに怒ってるみたいだ！」

　ヒー・ドッグが言い放った。

「ホー！　たいてい皆あんな風だ、どうしてなんだろう……」

　カーリーも同意して言うと太陽にちらりと目を向けた。

27

それから続けて言った。

「もう、そろそろ青い軍服の兵隊が行進してくるころだ。さあ、砦に見に行こうよ」

　カーリーは馬を回転させて、広い埃っぽい平原をララミー砦に向かって疾走した。ローン・ベアとヒー・ドッグも叫び声をあげながら、モカシンを履いた足の踵部で子馬の横腹を蹴るとカーリーに続いた。[注1]

　オグララ部族がプラット川のちょうど南のララミー・クリークに野営の集落を設営してから、もう三晩（三日）も過ぎていた。ブルーレ族インディアンたちも同じで、近くのクリークで野営を張っていた。そして、ミネコンジョー族も、それからティートン・スーという、[注2]もっと大きな種族に属する他の4つの部族もだ。彼らの、色を塗ったたくさんのティーピーが、広い平原中に広がって立っていた。そして、彼らの草を食んでいる馬の群れは、まるで遠い丘の上を飛ぶバッタの群れの黒雲のように見えた。

　カウンシルに招待されたインディアン全員が到着していたわけではなかった。だが、早く来た者たちは、馬で競走したり、ボール遊びをしたり、宴会をしたり踊ったり、または友達を招待したりして、素晴らしい一時を楽しんでいた。

　カーリーは、これまでに川を下って二度ブルーレ族の集落を訪れていた。母親がブルーレ出身で、そこにたくさんの親戚がいたからだ。今、ローン・ベアとヒー・

28

ドッグと馬を走らせている時、カーリーは、何人かの親戚が他のインディアンたちと一緒に、大きな白い土の煉瓦造りの建物（アドビー）の前に集まっているのが見えた。皆はすでに列をなして行進している青い軍服の兵隊たちを見守っていた。

　兵隊たちは皆右肩にサンダー・スティックス銃を担いでいた。兵隊たちは皆足並みを揃え、まっすぐ前を見てきびきびと行進していた。突然リーダーが叫ぶと、全員素早く向きを変えて反対方向へ歩いた。間もなくリーダーがまた叫ぶと、兵隊たちはまたくるりと向きを変えた。ローン・ベアはニヤリとしてカーリーに話しかけた。

「いつもあればかりやってる、笑ってしまうぜ。戦う時もあのようにやると思うかい？　皆一緒にリーダーが命令を出すのを待ってさ」

　カーリーは分からないと答えて、兵士たちが向きを変えるのを見ながら、オグララの戦士たちの戦いかたを思っていた。オグララの戦士たちには命令するリーダーなどいなかった。どの戦士も自分の好きなように戦っていて、自分の前に現れた敵に攻撃される前に、そいつに一撃を与えようとするやり方だった。敵をやっつけるにはとても勇敢でなければならなかった。敵に向かってまっすぐに突進し、最強の棒を持ち、自分の手でその敵を打ちのめすのだ。一撃で相手をやっつけるのは殺すよりも勇気が必要だった。

「僕が戦士になったら誰よりも多く一撃で敵を倒して見

せる。クロウ（カラス）族インディアンが襲ってきた時や馬盗みに行った時は、僕がやっつけるんだ。ポーニー族だってやっつけてやるんだ。それから……」

とカーリーは独り言を言った。突然大きな音がして、カーリーが驚いて飛び上がると、ヒー・ドッグは声をたてて笑った。リーダーが再び叫んだので、青い軍服の兵士たちが一斉にサンダー・スティックス銃を空に向かって発砲したのだった。

「カーリー、お前は、白人のワゴン・ガンが火を噴いたら、もっと高く飛び上がるにきまってるよ」

とヒー・ドッグは言うと、砦の近くに立っている2台の小さな大砲に期待を込めて目をやり、続けて言った。

「あれを1つ発射してくれないかなあ。そしたら、そいつが火を噴く音が聞かれるのになあ……。お前、クロウ族たちもこのカウンシルにやってくることを知ってるかい？」

カーリーは、クロウだって？　クロウは僕たちの敵じゃないか！　と耳を疑ったが、ヒー・ドッグはさらに続けて言った。

「やつらも同じようにやってくるんだって。スネーク族も。だけど、父さんが言ったんだ。すべてのチーフが我々の間で戦いはしないと決めて、皆同意したんだって。ほら！　カーリー、青い軍服の兵隊がまた、サンダー・スティックス銃を撃つぞ」

カーリーはうなずき、ローン・ベアは自分の子馬を安

心させるようになでた。それは、さっき自分の馬が最初の発砲で驚いて飛びのいたからだ。少年たちは訓練が終わるまで待った。それから皆は、砦からそう遠くはない小さな丸太造りの交易所に向かって馬を進めた。

　そこには2人の戦士が、鍛冶屋の金床の上に鉄の鏃を打ち付けていた。レッド・クラウドが笑って立ち、商人の1人、ジム・ボルドーという陽気な太った男としゃべっていた。その近くに、数人のシャイアン族インディアンが太陽の下でぶらぶらしていた。全シャイアン族はその朝ちょうど到着したのだった。数日後スネーク（蛇）族がその大野営地に到着した。それから、クロウ族が北の方から丘を越えてやってきた。

　各部族のチーフたちが約束を守っていたので、部族間の戦いはなかった。だが、皆が心配していた問題が持ち上がった。馬たちが、しかも数千頭もの馬が、砦の周りの草をすでに食べ尽くしていたのだ！　この会合の白人の責任者であるミッチェル大佐が言った。

「もう、ここには草はなくなってしまう。急いで他の会合場所を見つけなければ馬は餓死してしまうぞ」

　そして、30マイルばかり東のホース・クリーク近くの【注3】豊かな草地に移動しなければならないと決断した。そこで、暖かな9月の朝、長い奇妙な移動の列が白人の道を出発した。

　270名の青い軍服の兵隊が先導した。兵隊に続いて数台の荷車が続いた。食料や必需品を積んだ大きな幌を付

けた馬車が、ガタガタ揺れながら最後尾を行った。その
さらに後に、顔や体に色を塗ったり、ビーズや羽根で派
手に着飾った、1万人以上のインディアンたちの列が続
いたのだ。

　犬が吠える。赤ん坊が泣く。女たちは大声でトラボワ
を引く馬に向かって叫んだり、道端で遊んでいる子ども
たちに遊びを止めるようにわめいたりしていた。若者や
少年たちは大声でわあわあと喜びの声をあげながら、
長い列に馬を飛ばして行ったり来たりして、いかに馬乗
り（手綱使い）がうまいか見せびらかしていた。それぞ
れの部族の人々はなんとか揉め事もなく一緒にいる努
力をしていた。そして、次の日やっと、ホース・クリー
クの大きな野営地に皆心地よく落ち着いた。

　二日後、女たちがキャンプの真ん中に建てたバッファ
ローの皮製の大きなテントの中で、最初のカウンシルが
行われた。各々の部族のチーフが威厳をもってテントの
中に入っていき、羽根の付いた長い平和のキセルを白人
たちと吸い合った。

　ミッチェル大佐がなぜ皆にここへ来てもらうことに
なったかを説明すると、礼儀正しく耳を傾けた。そうす
るうちに、他の皆も話し合いのテントの周りに集まって
きて、静かな聴衆となった。しかしあまりに大きな人の
山だったので、外側の端に家族と一緒にいたカーリーに
は、何も見えないし何も聞こえなかったので、会議で決
まったことは夜になるまで分からなかった。

　カーリーが寝具の上でうとうとと横になっていると、ハンプ、チーフのスモーク、それにリトル・サンダー（小さな雷）というブルーレ族のチーフの3人が、父クレイジー・ホースと話すためにティーピーの中に入ってきた。3人は小さな囲炉裏の火を囲んで座り、しばらく黙ってパイプをふかしていた。それから族長のスモーク翁がハンプと父クレイジー・ホースの方に向き直って言った。

　「どうも、あの白人の長であるミッチェル大佐は、もっと偉大な白人の最高位の者（大統領）から使者として送られてきた者らしい。その白人の長はワシントンというずっと遠いところにいるらしい。ミッチェル大佐は我々

の前で大きな声で力強く話し、それをワイチューという名前の男が我々の言葉に直したのだ」

　そこで、ハンプが尋ねた。

「彼はなんと言ったのだ？　協定書のことを言ったのか？」

　スモークはうなずいて言った。

「多くの約束事でいっぱいの協定書だ。白人たちは、我々の土地を通っている白人の道で、どのインディアンも絶対に白人の旅行者たちに害を与えないと約束することを望んでいる。彼らは道沿いにもっと多く砦を造り、これからは白人とインディアンの間でもう戦いは起こさないと約束してほしいと言ってきている」

「部族間の平和はいいことだ。で、白人たちは何を約束したのか？」

　と父クレイジー・ホースが思慮深く言うと、リトル・サンダーが答えた。

「そうなると、白人は我々の永遠の友となるわけだ。だが、我々の名前が協定書に載せられたと同時に調印しなくちゃならない。我々は、それから偉大な白人の長が送ったという贈り物を受け取ることになる。そうすると、これから55年の間、毎年夏にララミー砦の我々のもとにもっとプレゼントが届くだろう」

　カーリーは耳をそばだてた。贈り物が毎年！　55年間！　カーリーはローン・ベアやヒー・ドッグ、リトル・ホーク、そして他の友だちに早く伝えたくてたまら

なかった。まったく白人の最高の長はなんと寛大なんだろう！　だけど、もしクロウ族との間でもう戦いはないというんなら、どうやってこれからクロウ族をやっつけるんだろう？　と、カーリーは思った。眠りに落ちてからもカーリーは、まだこのことをどうするんだろうと思っていた。それから、部族長たちと白人たちがもう一度会って協定書に調印した日にも、またカーリーはそのことを思っていた。しかし、カーリーは偉大な白人の最高位の者からの贈り物を積んだ、長い幌馬車の列が野営地に入ってくるのを見た時は、そのことをすっかり忘れていた。皆が幌馬車を取り囲んで混雑していた。すぐに贈り物が手渡された。

　協定書に調印したどのチーフもきれいに金で縫い取りをした、青い軍服と金メッキした剣を受け取った。他の者たちには手斧やナイフ、撚った刻みたばこや鮮やかな色のビーズ紐にコーヒーや砂糖の袋などがあった。何ヤードもの赤いフランネル【注4】や青色のキャラコ【注5】、派手な色の毛布、小さな丸い鏡、赤く塗る時に使う紙のように薄くきめの細かいバーミリオン【注6】の粉【注7】などなど。全員に何かがあって、皆自分のプレゼントをもらって喜んだ。

　カーリーは小さな鏡をもらった。それは、戦士たちが生皮の紐につけて首にかけるものだ。翌朝早く、カーリーは低い丘の上に立ち誇らしげに鏡を光らせて、下の集落にいるローン・ベアに合図を送った。だが、まもなく、弟のリトル・ホークが丘を走って登ってきて、ハ

アハア息を切らしながら言った。

「カウンシルは終わったって。チーフ・スモークが出発を宣言したので、母さんがお兄ちゃんに、ティーピーを取り外して畳むのを手伝ってほしいって」

　それで、カーリーは胸の上で鏡を上下にぶつけて揺らしながら走って家に帰った。カーリーはティーピーに着くと、中央の支柱に登り、てっぺんで留めているカバーの留め木を引き抜いた。それから、母と姉のブライト・スターがそれを畳み馬の背に載せた。

　大きな野営中どのインディアン部族も、ティーピーを取り外し、馬の向きを変え、トラボワに荷物を積んだ。そして、太陽が空の真ん中を過ぎたころ（昼ごろ）には部族ごと、それぞれ様々な方向に出発していった。

　オグララ族インディアンはプラット川の浅瀬をぴちゃぴちゃと水しぶきをあげながら渡り、北の自分たちのバッファローの地を目指した。プラット川を越えて横の低い丘を登った時、カーリーは馬を止めて近くの父とハンプを振り返った。一瞬3人とも馬の上から白人の道を見下ろした。軍隊の縦列がララミー砦に向かって行進していた。

「来年また贈り物をもらいに来る時も、あの砦に兵隊たちもやってくるの？」

　とカーリーが尋ねるとハンプは答えた。

「そうだ、協定書にはあの兵隊たちはいつもあそこにいることになると書いてある。リトル・サンダーが今朝そ

う言った」

それを聞いて、父クレイジー・ホースは不安げに頭を振って静かな声で言った。

「そのことを知って心が重い。白人兵たちが我々の土地にいる限り、いつだっていざこざが待ち構えている」

【注1】モカシン：柔らかな鹿皮で作られた踵の無い靴

【注2】ティートン・スー：ティートン・スー族（七部族からなる）

【注3】マイル：ヤード・ポンド法による長さの単位、1マイルは1760ヤードで、約1.6093キロメートル

【注4】ヤード：91.44メートル

【注5】フランネル：やわらかい起毛の織物、ネル

【注6】キャラコ：織地が細かく薄い平織綿布

【注7】バーミリオン：朱色の顔料

第4章　赤い稲妻

　カーリーは弓の弦を力いっぱい引き、矢を空に向かって放った。矢が地面に落ちた時、カーリーはハンプを見上げた。背の高い戦士ハンプはカーリーを元気づけるように言った。

「前のよりは遠くへ行った。だが、11歳の子にしては充分ではないな。きっと、お前の弓が強すぎるのだろう、若い兄弟よ」

「ちがうよ。僕の腕が弱いんだ。だけど、ハンプ、僕は腕をちゃんと強くするんだ。ここからずっと向こうのあのヤマナラシ（ポプラ）の木に矢が届くまで、毎日練習するよ。そしたら、バッファロー狩りに行けるようになるんだろう？」

　カーリーが逞しく答えると、ハンプは首を横に振って言った。

「いいや、まだお前が自分の良い馬を持つまでは準備不足だ。お前の子馬はバッファローを追うにはもうずいぶん乗り古した。さあ、もう矢を拾って家へ帰るぞ」

　カーリーは走って矢を拾い集めた。矢筒に収めながら、「僕のまだらの子馬のことはハンプの言うとおりだ」と独り言を言った。カーリーの子馬はバッファロー狩りに行けるほど速くは走れないし、父親はそれ以外の馬は持っていないのだ。

　いい馬を手に入れなきゃと思い、ハンプがきっと力になってくれるとカーリーは考えた。

　カーリーは、すでに集落の方に向かっていた戦士ハンプに追いつきたいと急いだ。2人が馬を並べて歩いていた時、カーリーは、ハンプがもう一度馬のことを言い出すのを期待して待った。だが、ハンプは威厳をもって言った。

「兄弟よ、明日お前には断食をやってもらうぞ」

　カーリーはすぐに顔をあげてハンプを見上げた。カー

リーは、ハンプが何ヶ月も前から、いつかカーリーにこの断食に挑むよう言っていたのを知っていた。オグララ族のララミー砦への二度目の贈り物受け取りの旅が終わって間もなく、カーリー、父、ハンプの3人は長い話し合いをした。カーリーが大人になったら何になるかについて話し合った。

「僕は戦士になるんだ。オグララ一の勇敢な戦士になるんだ」

そう言うと、カーリーは2人の前にすっくとまっすぐに立って、堂々と強く見せようとした。ハンプの両眼が光った。そして、ハンプはカーリーに尋ねた。

「それで、誰と戦うのかね？　協定の話し合いで、どの部族とも平和を守ることになったのだ。我々にはもう敵はいないようだが」

「だって、その平和がいつまで続くか誰にも分からないよ。いつか戦士がとても必要になってくるかも知れない。僕はどうしても、僕は、戦士になりたいんだ」

カーリーはゆっくりと言い張った。

「それなら、私がお前を戦士に鍛えあげてやろう」

ハンプは微笑んで約束し、それから、また言った。

「しかし、兄弟よ、訓練はたやすくはないぞ。戦い方の他にもっと、もっと難しいことがたくさんあるのだ。よい戦士というものは、一昼夜をほとんど休まずに走り続けることができねばならぬ。険しく、人の通った気配もない、道もないような見知らぬ土地を、目印をつけな

がら切り開いていかねばならぬ。しかも、全力を尽くして二日や三日、飲まず、食わずでも持ちこたえられるほどの強い体力の持ち主でなければならぬのだ」

カーリーは約束した。

「全部、僕やるよ。全部、覚えてできるようになるよ！」

いよいよ、「飲まず・食わず」を学ぶ時がやってきたのだと思うとカーリーは嬉しかった。そしてハンプに言った。

「明日、僕は一日中何も食べない、飲まない」

次の朝早く、ハンプはカーリーのティーピーに行った。そして、カーリーの顔を炭で黒く塗り、この子は今断食中だという印をつけて、一日好きなように過ごすようにとカーリーを外へ送りだした。

するとすぐ、弟のリトル・ホーク、友のローン・ベアや他の子どもの群れがカーリーを取り囲んだ。リトル・ホークがおいしそうな匂いのシチューのスプーンをちらつかせてカーリーを誘惑した。そして、ローン・ベアは白人のナイフで、肉汁滴るおいしそうなバッファローの肉の塊から一切れ切り取って、それをカーリーの鼻の下に持っていくと、「食え、カーリー」と、あざけった。

「明日食べるよ」

カーリーはそう言うと、そこを離れた。その日、カーリーは野山や川沿いを歩き回ったりして、時間が経つごとにだんだん空腹になりながら、ほとんどを1人で過ごした。太陽が西の空遠くに沈んだ時、カーリーは野生の

カブ畑を見つけて、地面から1本を引き抜いた。それは、パリっとしてみずみずしくおいしそうに見え、カーリーのお腹は食べたくてグーグーと大きな音を立てた。一瞬、思わず食べたくなって見つめたが、すぐにそれを川の中に放り投げて、カブが水に浮かんで流れていくのを見つめた。喉は焼けるようにカラカラで口は渇いていたが、カーリーは川の水で口をしめらすことさえしなかった。空腹や喉の渇きを忘れようと努めた。そして、なだらかな丘に登り平原を見渡した。

鷲が薄い青色の空をのんびりと飛び、眼下の広い谷にはアンティロープの一群が草を食んでいる。そのアンティロープの群れの向こうには5頭のバッファローが、浅い泥の水たまりでゴロゴロ寝ころんでいた。そして、バッファローの向こうの砂丘には――

カーリーは目を細くして、しっかりと目を凝らして見やった。と、突然カーリーは踵を返して転げるように丘を下り、家へ向かって走り出した。お腹が空いてくらくらし、二度も転び、地面に突っ伏して倒れたりした。しかし、起き上がり、深まる夕闇の中を走った。

9月の終わりごろで、バッファローの子どもに体毛が生えてくるころだが、空気はもう冷ややかだった。集落のたいていのティーピーでは、獣皮で作った覆い（カバー）越しに火が燃えていた。カーリーが自分のティーピーの入り口の垂れ幕を押し開くと、ハンプが家族と一緒に座って、夕食を取っていた。カーリーはハンプの横

に喘ぎながら倒れ込んだ。

「野生の馬が！　大きな群れだよ、数えきれないくらいの。クロウ・ビュートと、はあ、ここことの間の、はあ、はあ、砂丘の上だよ」

ハンプはカーリーを見るとすぐに尋ねた。

「本当か？　お前、空腹のあまり夢を見たんじゃあるまいね」

「違うよ、ちゃんと馬を見たんだ」

カーリーは、シチューのいっぱい入ったカメの甲羅を飢えた目で見つめながら言い張ったが、カーリーはその匂いと長距離の疾走で気が遠くなった。突然、もう頭を上げていられなくなるほど疲れきってしまい、よろめいて、バッファローの皮の寝具の上に倒れ込んで身を投げ出した途端に眠ってしまい、そのまま次の朝母親に揺り動かされ起こされるまで、すやすやと眠り続けていた。

母親が言った。

「息子よ、起きて！　食べなさい。男たちが、昨日お前が見た馬の群れを追いに出かけるよ。ハンプがお前に一緒に来てほしいと言ってるよ」

カーリーは飛び起きると川に走っていって顔の炭を洗い落とし、朝ごはんの肉を貪り食い、まだらの自分の馬のところへ着いた。前回の馬狩りからずいぶん日が経っていた。協定の話し合いでなされた約束のために、オグララ族はクロウ族から馬を1頭も盗んでいなかった。それで、多くの者が馬を必要とし、いつでも馬狩りに行く

用意があった。各々三つ編みにしたバッファロー皮の強いロープと、先端に引き縄を付けた長い柳のさおを持っていた。

　すぐに、皆は砂丘に向かって馬を走らせた。ハンプが、誇らしげに子馬に乗って横を走るカーリーと並んで皆を先導した。カーリーが野生の馬の群れを見たという丘の頂上に着いた時皆は馬を止めた。カーリーは急いで丘を見渡してホッとして一息ついた。馬の群れはまだ眼下に見えた。カーリーは指をさしながらハンプに向かって言った。

「ほら、あそこだよ」

　ハンプはうなずいて向きを変え、男たちに何か指示を与えた。皆は、そっと静かに群れを取り囲み始め、丘を背にして数マイルという大きな円陣を作った。この円陣ができ上がるとすぐに、南側の男たちは大声でわめきながら野生の馬の群れに向かって疾駆した。驚いた野生馬は尻尾やたてがみを振り乱して北の方へ逃げだした。だが、そこにはもっと大勢の男たちが道をふさいでいた。どちらを向いても男たちが立ちはだかっていて、逃げ道はふさがれていた。前や後ろへと、広い草地の谷を行ったり来たりさせて、男たちは馬の群れを追いやり追い込んで馬をクタクタに疲れさせると、たやすく捕まえられるのだった。そして、とうとう、男たちは各々自分の目当ての馬を追いかけるのだった。

　ハンプは後ろの蹄を跳ね上げる、美しく若い栗毛色の

雌馬を懸命に追った。その雌馬が丘の向こうに逃げようとした時、カーリーは、自分のまだら馬に鞭打って、しっかりとハンプの後ろにぴたりとついて行った。ゆっくりと、ハンプはその野生馬に近づいて行った。ゆっくりと、ゆっくりと、近づいて行った。ハンプは、突然、先端に引き縄の付いた柳のポールを突き出し、引き縄が野生馬の首に収まると、強く引っ張った。馬は、鋭くいななき、挑戦的な荒い息を吐いて、後ろ脚で立ち上がった。ハンプはもっと強く引き縄を引っ張る。と、次の瞬間、馬は激しく喘ぎながらよろめき倒れた。すぐに、ハンプとカーリーの2人とも、地面にとび下り馬の横に走った。

「足に気をつけろ！」

ハンプは静かにカーリーに注意し、馬の鼻にロープをしっかりと結ぶと命じた。

「私の馬をここへ連れてくるんだ！　カーリー」

カーリーは言われる通りにした。すると、ハンプは急いでロープのもう一方の端を自分の馬に結びつけ、それを雌馬の尾と肩に巻き付けた。それから、引き縄を緩めると、小さな雌馬は苦しそうに喘いだ。野生馬は飛び跳ね反射的に逃げ出そうとした。だが、ロープは強く、ハンプの馬はよく訓練されていた。

ほどなく、ハンプとカーリーは家路についた。ハンプは自分の黒い馬に乗って、嫌がる野生の子馬を引っ張って行った。他の男たちもそれぞれに自分の捕まえた馬を

連れて集落へと戻って
行った。カーリーはハンプと
並んで歩調を合わせて馬を走らせ
ながら、時々、皆が捕らえた他の野
生の馬に目をやった。ハンプと捕まえ
た栗毛の馬よりも大きくて強そうなのも
いたが、その栗毛の馬よりも美しく生き生
きとした馬はいなかった。カーリーはほとん
ど家に近くなってから言った。
「きっと、とても速く走って、バッファローを捕まえる
馬になるよ」
　ハンプは言った。
「と、いうことは、お前はその馬でバッファロー狩りに
行くつもりなのか？　私はこの馬をバッファロー狩りに
使うつもりは全くないから、もしお前がその栗毛の馬を

訓練できるんだったら、その馬はお前にやろう、兄弟よ」

　僕のものに!?　と、カーリーは嬉しくて心が躍った。ハンプにお礼を言いたかったが、言葉が出てこなかった。「ぼ、僕はこの馬をレッド・ストリーク（赤い稲妻）と呼ぶよ。そして、ハンプおじさんのあの大きな黒馬みたいになれるよう、僕がしっかり訓練するよ」

とカーリーは言った。

　ハンプは微笑んで何も言わなかった。集落に着くと、ハンプはリーン・エルク（痩せた大鹿）を呼んで、その野生の雌の子馬を離すのを手伝わせた。それから、2人はその馬の両足を縛って立ち上がらせた。

　それから数日、カーリーはその野生の馬をならし、調教するのに大わらわだった。やがてついに、その日が来た。ハンプがその馬に乗ってもよいと言ったのだ。馬に優しく話しかけながら、カーリーはたてがみを摑んだ。突然カーリーはその背中に振り上げられた。それから今度はカーリーを振り落とそうとした時、ハンプが叫んだ。

「しっかり捕まえているんだ！　カーリー！」

　カーリーは、馬の背中にしがみついた。レッド・ストリークには休みも与えず、馬がイライラした緊張から抜け出すまで横腹を膝で強く押して集落へ向かった。

　それから毎日、数ヶ月の間、カーリーはレッド・ストリークと過ごした。口笛を吹いたらカーリーのところへやってきて自分の命令に従うように教えた。カーリーは、

馬が疾走しながら自分を跳ね上げ、再び跳ねて自分を鞍に戻しながら軽やかに地面をはねて走る訓練をした。カーリーは、戦士たちが戦いの時そうするように、自分の体を馬の片側から反対側へと滑らせて、馬の背からは踵だけしか見えないくらい体を低くして走るけいこをした。

　カーリーはまた、弓と矢の訓練も毎日やった。そして、草が芽吹く月のある夜、オグララ族がベア・ビュートの近くで野営をしていた時、ハンプがカーリーを自分のティーピーに呼び寄せた。それからハンプはニヤリと笑ってカーリーに言った。

「お前はよい馬を持っているし、お前の両腕は今ではお前の弓に負けないくらい強くなった。バッファローの偵察隊の斥候たちが明日出発する。もし、大きな群れが見つかったら……」

「ぼく、バッファロー狩りに行けるの?!」

　カーリーは目を輝かせてしきりに尋ねるとハンプはうなずいた。すると、カーリーは大喜びでこの良い知らせを伝えようと家へ走りだした。

【注1】アンティロープ：シカに似たウシ科の動物の総称、

　　　　プロングホーン、エダツノレヨウ

48

第5章　バッファロー狩り

　姉のブライト・スターが、鹿肉のシチューを大きな角のスプーンにいっぱい掬ってカーリーに差し出した。だが、弟は首を横に振った。

「食べなさい。バッファロー狩りには力が必要なんだから」

　と、ティーピーの外にあるかまどの火のそばにいた母親が促した。カーリーはにっこりしてスプーンを取り、お腹は空いてなかったが、食べようとした。弟のリトル・ホークは、怪訝な様子で兄を見つめて尋ねた。

「怖いの？」

「どんな男の子でも、初めてのバッファロー狩りの時は怖いものさ。だけど、狩りが始まったら、皆そんなことは忘れてしまうんだ。ハンプがそう言ったんだ」

　と、カーリーは肉を一口飲み込みながら言った。それから、またもう一切れをスプーンから取って口の中に放り込んだ。それから、

「レッド・ストリークを連れてくる」

　と言ってスプーンを姉に手渡した。馬が草を食んでいる谷の方に走っていくカーリーの姿を、母親はほほえましく見送った。カーリーは、バッファロー狩りに行くにはまだ幼すぎるし体も小さかった。あの巨大な毛深いバッファローの疾走の中に入ったら、カーリーなどいっ

49

ぺんに踏み倒されて、踏み殺されてしまうことだってありうる。こんなことは考えない方がいいと、母親は自分自身に言い聞かせ、カーリーの弓と矢を取りにティーピーの中に入って行った。そして、カーリーがレッド・ストリークに乗って戻ってくると、馬上のカーリーにそれを渡した。

　ちょうどその時、カーリーの父のクレイジー・ホースが、聖なるパイプを吸って祈りを捧げていたティーピーから出てきた。そして、カーリーの膝に手を置いて言った。

「気をつけるのだ。息子よ。このことを忘れるな。初めての狩りでは、子どものバッファローだけを追うことだ。分かったか、カーリー」

「忘れない、そうするよ。だけど、僕はたくさんの肉を持って帰りたいんだ、そして——バッファローの皮もね。そうしたら、この夏に、ララミー砦に行く時、ホワイトマン・ナイフと取引できるからね」

　そう約束すると、ティーピーの入り口から弟のリトル・ホークがカーリーに呼びかけた。

「ほら、カーリー、アキシタ（治安を掌る役）たちはもう集まってるよ。急いで行った方がいいよ」

　カーリーが肩越しに目をやると、本当だった！　集落を監督するアキシタがすでに、馬を1列に長々と整列させていた。その後ろに狩りをする男たちが、それぞれに狩りに使う馬を引き連れて並んで乗馬していた。

　カーリーは、レッド・ストリークの横腹を両足の踵で
蹴った。家族に「行ってきます」と呼びかけると素早く
駆けて、長い縦隊の列に加わった。これまた、バッファ
ロー狩りは初めてのローン・ベアもヒー・ドッグも、
カーリーのところに馬を飛ばしてやってきた。
「わあ！　ハンプが先頭だ。リーダーだ！」
　とヒー・ドッグが興奮して叫んだ。カーリーもうなず
いた。ハンプが馬に乗って、縦隊の列の先頭に立ち、出
発の合図を出す時を待っているのが見えた。
　ついに、皆の準備が整った。1列目はアキシタたち
だった。手に持つ長い槍と頭に飾った羽根に、太陽がさ
んさんと降りそそいでいた。次は、よく訓練された馬を
引き連れた狩り手たち。そして、最後がカーリーたちの
ような少年たちで、待ちきれずうずうずしていた。
　ハンプがサッと馬を回して合図すると、バッファロー
狩りの大きな一団が前進し始めた。年老いた男たちも、
女たちも、たくさんの子どもたちも走り寄ってきて、
「行ってらっしゃい！」と大声で見送った。カーリーが
目を輝かせて手を振ると、姉のブライト・スター、弟の
リトル・ホークそして母親たちが、皆自分の名前を大声
で呼んでいるのが見えた。それからカーリーは馬を回し
て、馬の上で背筋を高く伸ばし胸を張って座り直した。
それは、あたかも、カーリーが、自分はちっともドキド
キなんかしていない、平気なんだと強がって見せている
風だった。

斥候たちが見つけたバッファローの群れは、集落から半日の道のりだった。太陽は暖かく、狩りの男たちは開けた平原を横切り、うねった丘を越えてゆっくりと馬を進めた。時折、我慢できなくなった若い戦士たちが列から離れ、馬を走らせ前に出ようとした。しかし、アキシタがその都度、飛び出した戦士を止めて元の位置に戻し、バッファローを驚かさないよう、また勝手に飛び出した戦士を甘やかさないようにした。そして、ファット・ビーバー（太ったビーバー）が2回目に飛び出した時、アキシタの1人が彼を捕まえ、彼の弓をへし折り、家へ帰るように命令した。ファット・ビーバーがムッとして集落へ戻りながら自分の前を通った時、ローン・ベアは「当然だ」と口に出した。しかし、カーリーにはその声はほとんど聞こえなかった。カーリーの両眼はすでに、急こう配の丘を登っていたハンプに注がれていた。それから丘の頂上に立ち、戦士ハンプが馬を止めて手を挙げると、カーリーはそっと叫んだ。

「ハンプがバッファローを見つけたんだ！」

　全隊列が歩みを止めると、カーリーの胸は高鳴った。狩りの男たちは音を立てぬよう静かに馬から下り、乗っていた馬を引っ張って滑るように歩いた。それから、それぞれ自分の狩りに使う裸馬の方に乗り換えた。ハンプの与える合図に従って、バッファローを取り囲むために、二手に分かれて馬に乗ってゆっくりと進んで行った。

　ヒー・ドッグとローン・ベアは、すでにそれぞれ父親

　の馬の上に父と一緒に乗っていた。カーリーはレッド・ストリークに乗って、ハンプが狩りに使う美しい黒馬の横に並んで進んだ。ハンプが丘の頂に着いた時、カーリーは注意深く息を吸い込んでから、弓を持っていた手にギュッと力を込めた。カーリーは、これまでにこんなに数多くのバッファローを見たことはなかった。眼下の平原はバッファローで黒く見えた。巨大な毛深い雄や太った雌、それに赤茶色の子どもも、皆頭を低く垂れてのんびりと春の短い草を食んでいた。狩りの男たちが音もなく自分たちを取り囲み、すぐ近くに危険が迫っているなどと気づいているバッファローは1頭もいないように見えた。

　「よい狩りになるはずだ。バッファローに近づいたら弓を強く引くのだ。もし、バッファローが口から血を吐いたら、それは死ぬ。だから、次のバッファローを狙うんだ。分かったか。そのことを忘れてはいけない」

ハンプは静かにカーリーに教えた。

　カーリーは何も言わず、バッファローの大きな群れをまじまじと見下ろしていた。興奮していて話せなかったのだ。突然、ハンプが皆に別の合図をした。

「ホカ、ヘイ！」

　と叫んで、ハンプは自分の弓を高く掲げて坂を飛ぶように駆け下りだした。

「ホカ、ヘイ！」

　カーリーもかん高い声をあげて、レッド・ストリークに乗ってハンプの後を追って走り出した。

「エイ、エイ、エイ！　ホカ、ヘイ！」

　大声をあげて男たちが四方からバッファローに近づいて行った。たくさんの矢がヒューヒューと空中を飛んだ。何頭かが口から血を流して倒れた。他のバッファローは驚き、恐れて走り出した。男たちは、バッファローがよろめき倒れるたびに叫ぶ。

「ヤッホー！　ヤッホー、やった！　ヤッホー！」

　カーリーの心臓は戦いの太鼓のようにドンドンと鳴った。カーリーは自分の弓をしっかりと握って、立ち昇る大きな雲のような土埃の中を疾駆するレッド・ストリークの上に乗って走った。雷鳴のような蹄の音や、バッファローがお互いにぶつかり合う時の角の鳴る音、そして狩りをする男たちの叫び声で、カーリーの耳はガンガンと鳴り響いた。

　巨大な雄の1頭が、カーリーを馬から突き落とさんば

54

かりにカーリーの横に突進してきた。レッド・ストリークは素早く飛びのいた。カーリーは馬の背に低く構えた。一瞬カーリーはぞっとした。視界を曇らせる土埃が消えてくっきりと見えさえすれば！　そーら、来た！　もう、カーリーのすぐ後ろだ！　怒った雄のバッファローが、カーリーの脚と擦れ合わんばかりに突っ走って来た。その後ろに子どものバッファローが、怖がってわめきながら走って来た。

　カーリーは矢筒から矢を引き抜いた。子どもを狙ったがしくじった、だが、雄の背のこぶに当たった。バッファローは角をゆすって、なお疾駆し続けた。その間に、子どもは別の方へ飛んで逃げて行った。一瞬、カーリーはためらったが、すぐに、「子どもだけを追うのが賢いのだぞ」という父の言葉を思い出した。だけど、大人の雄のバッファローだって僕は殺せると、少年カーリーは、急に力が湧きあがるのを感じて、そう思った。そして、傷ついた雄のバッファローを追った。両膝でレッド・ストリークにしがみついて、再び矢を放ち、横腹を射抜いた。それでも、大きな雄の獣は走り続けた。そして、カーリーは叫んだ。

「もっと速く、レッド・ストリーク！　もっと速く走れ！」

　カーリーの勇敢で小柄な雌馬レッド・ストリークはそれに応えてくれた。ものすごい速さで突進し、大きなバッファローのすぐ右横に付いた。もう一度、カーリー

の弓の弦がビーンとうなった。その矢は毛深いバッファローの大腿骨の骨幹の房毛の上あたりに深く刺さった。

レッド・ストリークがバッファローを追い抜くと、カーリーは「やった！　ヤッホー！」と勝ち誇って叫んだ。

仕留めたと確信したカーリーは向きを変えて、バッファローが倒れるのを見定めようとした。だが、そのバッ

ファローは頭を低くして、まっすぐにレッド・ストリー
クをめがけて襲ってきた。小さな雌馬のレッド・スト
リークは、バッファローをよけようとして方向を変えた
が突然よろめいた。とっさに、カーリーは両膝に力を入
れて馬を強く統御した。もし倒れでもしようものなら、
馬もろとも踏みつけられて死んでしまうと分かっていた。

　しかし！　レッド・ストリークは倒れずに持ちこたえ
た。軽快に走りながら、カーリーは、もう1本矢を放っ
てバッファローの腹を深く射ぬいた。バッファローは走

るのが遅くなり、ついに動けなくなりじっと迷ったように立ち尽くした。鼻と口から血が流れだした。その後一瞬、強靱な獣は2、3歩よろよろ歩いた。それから、両脚を曲げてくずれ落ちた。大きく息を吐きながら、ゆっくりと地面に倒れ沈み込んだ。

　カーリーは馬の背から滑り下りた。レッド・ストリークの横腹は波うち、口は泡で白かった。

「僕たち、やったぞ！」

　カーリーは、レッド・ストリークの首をパタパタたたきながら、嬉しそうに話しかけた。あたり一面平原中、狩りの男たちが、すでに死んでいるバッファローや、死にかけているのを目にして、勝ち誇って（意気揚々と、得意げに）叫んでいた。すでに、バッファローを捌く仕事を始めている者もいた。カーリーはまだバッファローにナイフを入れたことはなかったが、やってみようと決めた。ベルトからナイフを引き出して、どこ（どの部位）から始めてよいのかはっきりしないまま、バッファローのところに行った。その時、ハンプがカーリーの肩に手を置いて訊いた。

「これが、お前が仕留めたバッファローか？」

「はい」

　と、カーリーは誇らしげに答えたが、それからすぐに、少し頭を垂れてうつむいて言った。

「だけど、ハンプおじさん、ぼく、矢を4本も使ったんだ。1本で殺したかったのに」

と言うとハンプは笑って言った。

「初めて狩りに出た小僧がたった1本の矢でバッファローを仕留めるだと？　カーリー、お前は、本当に、ただ運がよかっただけだぞ。だが、怒ったバッファローを追いかけ、そいつに4本も矢を打ち込む少年は勇敢な精神を持っている。わしは心から嬉しいよ、兄弟よ」

その日遅く、カーリーが家に着くと父もまた喜んでくれたし、母は狂喜して、レッド・ストリークの背中から肉をおろしながら、自慢げにはしゃいだ大声で言った。

「我が家に本物のハンターができた。これからは、このティーピーの者は食事に困ることはないね」

その日はそれから、女たちはバッファローの肉を薄く長く一切れずつに切り分け、それをティーピーの外側の棚にぶら下げるのに忙しかった。そして、その夜、集落の人々は立派なごちそうの準備をするのだった。料理する火が立ち昇り、あたりの空気は、こぶの肉やあばら肉を焼くよい匂いに満ちていた。カーリーが、もうこれ以上食べきれないくらいまで食べると、今度は鳴りやまない太鼓の音に合わせて人々の円の中に入り、1人ひとり皆と踊った。そして、とうとう、たいていの少年たちが待ちに待っていた時が来た。父親たちが自分たちの息子の勇敢な行いを歌う時が来たのだ。

ヒー・ドッグの父親は、ティーピーからティーピーを歩き回って、自分の息子が初めての狩りで太った子どものバッファローを仕留めたことを歌った。そして、

ヒー・ドッグは皆が彼の名前を呼んでいる間、誇らしそうに立ちあがって、明るいキャンプの火に照らし出されて立ち続けた。ローン・ベアもまた、父親が息子を誉める歌が終わってから、皆の前に立った。ローン・ベアもまた、子どものバッファローを倒していた。それから、ハンプが深い声で、勇敢な精神で、立派な大きな雄のバッファローを追いかけて殺したカーリーのことを歌いながら、人々の輪を回り始めた。

「カーリー！　カーリー！」
　と皆が叫んで、カーリーがキャンプのかがり火の明かりの前に出て立ち上がるのを待った。しかし、カーリーは父親のティーピーの陰で静かに座ったままだった。そして、「子どもがバッファローを殺したからって、ちっとも立派なことじゃない」と、独り言を言った。

「そんなことより、もっと勇敢なことができればいいのに」と、カーリーは思ったのだ。

　そして、数ヶ月も経たないうちに、カーリーの願いが本当になった。

第6章　すべて雌牛のせい

　太陽が白人の道を照りつけていた。ララミー砦の旗が
だらんと垂れていた。その砦から3マイル（約4.8キロ
メートル）ほど東の大きなインディアン野営地では、年
寄りたちが自分たちのティーピーの陰でうとうとしてい
た。女たちは仕事で行ったり来たりしながら小声でしゃ
べっていた。それに子どもたちも、あまりにも暑いので
ひっそりと遊んでいた。

　道路と浅いプラット川の湖沼の間に、3つの大きな野
営集落が建っていた。オグララ族の集落は砦から一番
近かった。それから、ミネコンジョー族の集落が続き、
その向こうがブルーレ族の集落だった。

　ブルーレ族の集落では、叔父のスポッテド・テイル
（点々のある尻尾）が、戦い用の盾に色を塗っているの
をカーリーはじっと見ていた。ずいぶん経ってから、叔
父は塗っている盾からようやく目を上げるとカーリーに
言った。

「もう一度、見に行って来い」

　カーリーは、埃っぽい道に歩いて出ていった。手をか
ざして東の方を覗いて見た。それから、ティーピーの方
へぶらぶらと歩き始めた。

「幌馬車が1台こっちに来ているよ。だけど、またモル
モンと呼ばれている白人たちだよ。他には何も見えない

61

よ」

　とカーリーは叔父に答えると、叔父のスポッテド・テイルは、ブーブー言いながら立ち上がって、だらだら文句を言った。

「もう、ふた月もここで待ってるんだぞ。そして、白人が我らに約束したプレゼントはずっと交易所の倉庫に眠っておる。白人の最高権威者は、我々が為すこともなく太陽の下でぶらぶら暮らして、配給役員が来て皆に配ってくれるのをただ待ってろと言うのか？　もう、我々の国、バッファローの地に帰る時だ」

　カーリーは耳のそばでブンブン唸る蚊をぴしゃりと叩きながら言った。

「レッド・クラウドはもう帰ったよ。レッド・クラウドは、白人のプレゼントなんて、そんなに長く待つ価値なんてないって言ったんだ。だけど、チーフのスモークは自分にくれるコーヒーや、砂糖、それに……」

「たいていの者が皆同じさ、贈り物が欲しいのさ」

　スポッテド・テイルは付け加えると、盾を大事そうに抱えてティーピーの中に入っていった。カーリーは、また道に出て、何か面白いことが起こらないかなあと思った。

　モルモンの幌馬車の列が、ゆっくりと土埃をあげてカーリーの前を通り過ぎた。幌馬車はたった2、3台で小さくみすぼらしかった。その少し後ろから、男が、年老いてやせた雌牛を追い立てながら急いでいた。カー

62

リーは、男がその雌牛を長い棒で何度も何度も叩くのを目で追っていた。かわいそうに、雌牛はとても疲れていてもうこれ以上歩けないんだと思ったが、それは間違っていた。

　ちょうどその時、子馬に乗った5人のブルーレの少年たちが、誰が一番先に道まで出られるか競走して、「ワーイ！　ワーイ！」と甲高くわめき叫びながら平原を突っ切って走ってきた。この突然の物音に驚いてその雌牛は尻尾を振り上げ、向きを変えてブルーレの集落の真っ只中に入ってきた。雌牛は丸く円に並んだティーピーの輪の中を走り、ティーピーの1つに飛び込み、今度はそのティーピーの反対側からいろんなものを蹴散らして出て来た。カーリーやほかの数人の子どもたちが大はしゃぎで、わめきながら追いかけた。雌牛は後ろの蹄で蹴りながら、また別のティーピーに突進し、盾用の防具掛けを壊し、太鼓を踏みつけ、シチューの入った鍋をひっくり返して狂ったように走りまくった。

　この時にはもう騒ぎに気づいて、集落中の皆が飛び出してきていた。犬は躍起になって吠え、女たちは悲鳴を上げて、我が子たちを通りから引き戻して守った。そして、男たちは大笑いして叫んだ。

　笑った者の1人に、若いミネコンジョー族のストレート・フォアトップ（まっすぐな馬のたてがみ）という名前の男がいた。その男は自分の長いライフル銃をブルーレ族の友だちに見せに来ていたのだ。それは、彼が交易

カーリーと男の子たちは大喜びで叫びながら雄牛を追っかけた

所で高価なたくさんのバッファローの皮と交換したもの
だった。この時、ストレート・フォアトップは、その雌
牛がこれ以上害をもたらさないよう殺すつもりで、そ
のライフルを雌牛に狙いを定めた。しかし、スポッテ
ド・テイルは大声で警告した。

「気をつけろ！　それは白人の牛だぞ！」

「もう、違うぞ。モルモンの男は牛をここに置きざりに
して、自分は逃げて行ったんだ」

　とブラック・ビーバー（黒いビーバー）が叫んだ。

「ほら、またそこに盾を掛ける棚だ！　撃て！　誰かが
怪我する前に牛を撃つんだ。牛を撃て！」

　と、しわだらけの年老いた女が大声で呼びかけた。

　ストレート・フォアトップは注意深く狙いを定め、銃
を発射した。年老いた雌牛は地面に倒れ込み、死んだ。
すぐにブルーレ族の2人がそれを捌き、肉を数人の女た
ちに分けた。

　カーリーはすぐに走って馬のところに行って、家へ向
かった。そして、たった今ブルーレの集落で起こったお
かしな出来事を家族に知らせた。その逃げ出した雌牛の
ことは、その日多くのティーピーで話題となった。みん
な、クスクス笑いこそすれ、そんなことはすぐにすっか
り忘れてしまった。

　しかし、夕方ちかく、ブルーレ族の女と結婚していた
交易商人のジム・ボルドー翁という人が、オグララの
集落に馬を走らせて来た。その男は、以前ここにイン

ディアンの友を訪問した時のようにご機嫌ではなかった。

ジム・ボルドーはオグララ族の皆にこう言った。

「あのモルモンの奴は、雌牛の悪口を言い困っていたのでストレート・フォアトップが撃ったんだ。ところが、そいつが今日の午後家に立ち寄って、誓ってこの雌牛は盗まれたんだと言うんだ」

「だけど、それは違うよ。僕はぜーんぶ見てたんだよ。それに——」

カーリーが抗議すると、ジム・ボルドーはあごひげを赤いハンカチで拭きながら言った。

「わしには何が本当か全部分かっている。だが、モルモンは卑しい奴だから、ごたごたを起こしたいのさ。砦に着いたら、中尉にお前たちが雌牛を盗んだから罰しなく

66

てはならないと言うだろう。新しい中尉はインディアンのやり方に好意的ではないから、明日にでも、たぶんそこの最高責任者の1人、ミッチェル大佐がそいつに話を聞きにやってくるに違いない」

　すると、チーフのスモーク翁が言った。
「ブルーレ族のコンカリング・ベア（熊に打ち勝つ男）がこの件を引き受けてくれるようだ。協定会議の時、ミッチェル大佐が彼を、我々皆を代表して語るペーパー・チーフ（書記長）にしたのだ。今から彼に伝言を送ろう。そうすればなんのごたごたにもならないだろう、友よ。たかが、1頭の年老いた、弱い雌牛のことだ、なんてことはない」

　そして夕方、伝言がコンカリング・ベアのもとに送られた。

　次の日、道路の近くで、カーリーが弟のリトル・ホークにレスリングの組手をいくつか教えていたが、その時、ペーパー・チーフのコンカリング・ベアが砦に向かって2人の前を通り過ぎて行った。この暑さにも関わらず、コンカリング・ベアは協定会議の時与えられた金糸で縁取りした官吏のコートを誇らしげに着ていた。そして、持っている中で一番立派な馬に乗っていた。

　コンカリング・ベアがオグララの集落に戻ってきて、砦で起こったことを皆に報告したのは、もう日没のころだった。皆が彼を取り囲んでいた時、西に雷雲が出て空には稲光が走った。

「私の知らせは、我々を威嚇するこの嵐のようだ」

　と、コンカリング・ベアはオグララの民に告げた。

「今日、私は白人のチーフと長い話し合いをした。しかし、私の言葉を白人の言語に直す、白人とインディアンとの間に生まれたワイチューという男が問題だ。奴は私が言ってもいないことをいくつか言ったのかも知れない。なぜなら、その白人のチーフが烈火のごとく怒ったのだ。そして、牛を撃ったストレート・フォアトップを捕らえて、鉄格子の牢に入れねばならないと言ったのだ」

「あのやせっぽちの雌牛のために？」

　カーリーは、子どもは決してチーフの言葉に途中で割り込んではならないということを忘れて、我慢できずに叫んでしまった。コンカリング・ベアはゆっくりとうなずくと、毛皮でくるんだ長い三つ編みの髪が前後に揺れた。

「そうだ。たった1頭の牛のために」

　と彼は遠くで響く雷鳴のように声を高めた。

「しかも、もっと悪い知らせだ。私は、その牛の埋め合わせに我々の一番上等の馬を差し出すと申し出たのだ。そして、ストレート・フォアトップは、彼が牛を撃った時、たまたま我々の集落を訪れていた客だったのだから、我々の作法で客を砦に連行することなどできないとも、私は言ったのだ。我がオグララの民は、客人が嫌がるようなことはさせないことになっているのだということも、私は説明した。だが、白人のチーフは聞く耳を持とうと

はしなかった。明日、彼は我々の集落に兵隊を送って、ミネコンジョー族のストレート・フォアトップを逮捕に来るだろう」

「兵隊だって！」

　あまりのショックに皆口がきけず、一瞬静まり返った。

　それから、コンカリング・ベアが馬の向きを返して、ブルーレの集落に向かって馬を走らせて行った途端に皆がしゃべりだした。

　一陣の突風がキャンプ地に土埃を巻き上げた。チーフのスモークは両肩に羽織った上衣の毛布を引っ張り上げてから、皆に語りかけた。

「白人たちは協定会議の時には、平和について立派なことを言った。その白人が、無力な女、子どもたちのいる集落に兵隊を送ってくるとは思わない。まして、たかが雌牛1頭のために、1人の男の自由を奪うなどとは考えられない」

「もしそうだとしたら、それは通訳をしたワイチューの過失だろう。あいつは白人の飲む、火のように強い水という酒の飲みすぎで、白人の言葉に直す時、我々の言ったことを曲げて通訳したんだ、きっと」

と、群衆の中から誰かが叫んだ。

「ホー、そうだとも！」

　スモークの近くに立って、カーリーの肩に手を置いていたハンプが同意してから言った。

「誰かもう１人別の者を砦に送るべきだ。マン・アフレイド（恐れる男）は少し白人の言葉を知っている。おそらく、彼なら白人たちに耳を傾けさせることができるだろう」

　チーフのスモークが背の高い、立派な顔つきの戦士に向き直ると尋ねた。

「明日、砦に行ってくれるか？　友よ。そして、白人のチーフ（責任者）に今やろうとしていることが良くない、間違っているということを強く説得できるか？」

「はい、行きます——」

　とマン・アフレイドは答えたが、あとは雷のすさまじい音でかき消された。

　稲光が暗くなりかけた空を走り、大雨と共に嵐が起こった。皆は雨宿りの場所を求めて走って散って行った。カーリーは家へ急いで走り、暑さのために持ち上げられていたティーピーの覆い（カバー）を下ろしていた母を手伝った。大きな石のハンマーでドンドン打ち叩いて、ティーピーを覆っているカバーの杭を地面に落とした。

　ハンマーを打ち付けていると、冷えた雨粒が彼の体を叩き付け、風が彼の髪の毛をあおった。そして、最後の杭を打ち付けた時、カーリーはまっすぐに顔を上げ、怒り狂う嵐と対峙した。カーリーはこんな強い嵐が大好きだった。あたかも、自分が大地や空の一部ででもあるかのようにカーリーを興奮させ、力が湧き起こる感じで満たしてくれるのだった。一瞬、なぜこうなんだろうと、

いぶかしげにそこにしばらく立ち尽くした。それから、突然ストレート・フォアトップのことを思い出した。鉄格子の牢の中では、絶対に雨や風を感じることはできないだろうと、震えながらカーリーは思った。それから入り口の垂れ幕から中に飛び込んでハンマーを置いた。

【注1】モルモン：モルモン教の信者

第7章　私の部族の者たちを撃つな！

　カーリーはその夜、身を投げ出して寝床に横になった。そして、ストレート・フォアトップのことを考え、明日兵隊は本当にやって来るのだろうかと思った。眠りに落ちたのは遅かったが、夜明け前には目が覚めた。ティーピーから這い出して川の方へ下りて行った。なぜだか分からなかったが、なんとなく落ち着かず良い気分ではなかった。

「ああ、僕が、ハンプのように背も高く、強かったらなあ。大人になるにはずいぶん時間がかかる。今僕が戦士だったらいいのに」

　と、うずうずしながら思った。石を1つ拾い、それを川に投げつけた。

「もし今日、白人たちがストレート・フォアトップを捕まえたら、僕は――僕は――」

　と、カーリーがつぶやくと、

「お前、誰に話してるつもりなのか？」

　と、誰かが後ろから尋ねた。振り向いて、柳の若木の木立からローン・ベアが自分を見て笑っているのを見て、カーリーはバツが悪そうに笑うと、ローン・ベアが言った。

「おい、おい。独り言チーフどの！　マン・アフレイドがもうすぐ砦に出かけるんだ。だから、俺たちがガラガ

ラ蛇を殺したあ
の土手に隠れていよ
うよ。そしたら、戻って
くる時、俺たちが一番先にマ
ン・アフレイドに会えるんだ。そし
て、誰よりも早く何が起こったか分かるんだぜ」
「分かった。行こう」
　カーリーは同意した。
　2人は家に走って帰った。急いで朝食の肉を少し食べ
ると、弓と矢を持って馬の足かせを外した。それから間
もなく、2人は乾いた溝の砂利の上に腹這いになった。
熱い太陽がゆっくりと空に昇ってくると、スズメバチが
2人の頭の周りを怒ったようにブンブン飛び回った。緑
色の大きなトカゲがカーリーの足元近くの岩の上を滑る
ように走り去った。ハエが子馬にまとわりついて、馬は
イライラと足踏みしたり、尻尾を振ったりしていた。そ
れでも、カーリーたちはほとんど身動きもせず道路を見
張って、マン・アフレイドが山を越えて馬で戻ってくる
のを見ようと待った。とうとう、ローン・ベアは口を開

くと不安げに言った。

「もうマン・アフレイドはずっと前に戻ったんだよ、きっと。もし兵隊たちがストレート・フォアトップを捕まえたら、いったい彼をどうするつもりなんだろう？彼の手足を鎖で繋ぐのだろうか」

　カーリーは頭を振って答えた。

「分からない。だけど、僕は白人が僕を牢に入れるようなことは絶対にさせない。絶対に！　もし、そうしようとしたら、僕はそいつを殺してやる！」

　そして、両目にかかった髪を後ろに払いのけて我慢できずに続けた。

「どうして白人たちはそんなに偉そうに振る舞うんだ？ここは僕たちの土地、僕たちの国なんだぞ。それを、白人たちはなんだと——見ろ！　マン・アフレイドは失敗したんだ。だから奴らがこっちに来てるんだ！」

　とカーリーは激しく息を吸い込んで叫んだ。

　兵隊が大勢乗った幌馬車が丘の頂で止まっていた。ほんのつかの間、空を背にしてくっきりとそこに静止していた。それから、馬上の将校（指揮官）が光る刀剣（サーベル）を振り上げると、幌馬車が坂道を下り始めた。その後ろに、車輪の付いた2台の小さな大砲が馬に引かれて続くのを2人の少年は見た。大砲の後ろから、馬に乗ったマン・アフレイドが絶望したかのように頭を垂れて、1人でトボトボついて来ていた。カーリーとローン・ベアはすぐに馬にまたがり大声で叫びながら集

落へ馬を飛ばせた。

「ブルー・コートだ！　兵隊だ！　兵隊が今、ワゴン・ガンを持ってこっちに来ている！」

　2人が驚いたのは、すでに斥候の兵たちが、このことだけでなく別の知らせまでもオグララの民に報告していたからだ。ハンプは2人を自分のところに呼び寄せて、静かに指示を与えた。

「刀剣を持った兵士がグラッタンという男だ。大声でしゃべり、インディアンを嫌っている。ワイチューは今も彼と一緒にいて酒を飲んで酔っ払っている。我々は万一の場合を考えて、馬を全部近くに移しておかねばならない。今から群れ番の少年たちに、馬の群れを川と集落との間の平地まで連れてくるように伝えに行ってくれ」

　ハンプが言い終わるか終わらないうちに、カーリーとローン・ベアはもう走り出していた。川の浅瀬を、ザブザブ水をはね飛ばしながら渡り、大きな馬の群れが草を食んでいる丘に向かって走った。それから、ワァー！と大声で叫び、腕を振り上げながら、馬の群れを丘から追って川を渡り、野営を張っている集落の後ろの窪地に追いやる手伝いをした。その後、これから白人の兵隊が何をするのか見届けねばと、2人はブルーレ族の集落に向かってまた走った。

　集落のすぐ後ろのなだらかな坂を下りたところで、2人は立ち止まって馬を茂みにつないだ。すでに、女、子どもは皆、兵隊たちが引き上げるまで隠れているよう

に、川の近くの柳の林に急いで逃げていた。男たちがそれに続いたが、戦に出る時のように顔や体に色を塗ってはいなかったが、弓と矢を持っていた。戦士たちは、土手先の下の茂みに這っていった。そこからは、集落で起こる一部始終が見渡せるのだった。

「戦士たちは皆、この災難を迎え撃つ用意ができているんだ。僕たちも皆と一緒にあそこへ登って行こう。そして、もし戦いが始まったら、僕も一緒に戦うんだ」

とカーリーが言うと、ローン・ベアも言った。

「俺だって、戦うぞ。だが、見ろ！　あそこにお前の叔父さんのスポッテド・テイルがいる。俺たちを見つけたら、俺たちを下の柳の林に避難させるよ」

すぐに2人は地面に伏した。それから少年たちは見つからぬようにそっと土手を登り、てっぺん近くのリンゴの木の絡まった茂みの中まで行った。土手の上から覗くと、青色の軍服を着た兵士たちを率いて、グラッタンがブルーレの野営地の方にやって来るのが見えた。

兵士たちは歩いていた。何人かが2つの大砲を引っ張っていた。ワイチューはまだ馬に乗っていた。自分の口を平手で叩きながら、ワァーと鬨の声をあげ、円をつくって立っているティーピーの周りを回りながら、ウイスキーの飲みすぎでしゃがれた声で叫んだ。

「出てこい、汚らしい赤肌野郎ども、隠れ穴から出てこい！　お前らを犬のように殺し、お前らの心臓を生で食ってやる！　出て来い、赤い悪魔たち、出て来い！」

　グラッタンは大声で命令して、大砲を据えつけさせ、兵士たちをそれぞれの位置に着かせると集落を見渡した。ミネコンジョー族のストレート・フォアトップは、ティーピーの１つの入り口に、銃に寄りかかって立っていた。彼の横には各部族のチーフや指導者たちが、誇り高く威厳をもって上衣の毛布に身を包んで静かに立っていた。ペーパー・チーフのコンカリング・ベアも、手に武器を持たずにその中に立っていた。そして、静かにグラッタンの方に歩き始めて言った。

「どうか兵士たちを砦に戻してくれ、友よ。そうして、我々を平和なままにしてほしい。我々は５頭の最も立派な馬を差し出す。だから、どうか、ミネコンジョーの男を逮捕しないでほしい」

　ストレート・フォアトップがティーピーから呼びかけた。

「奴らは、俺を逮捕することはできない。牢屋に監禁することはないだろう、その前に俺は死を選ぶから。だから、コンカリング・ベアよ、もし戦いになっても誰も傷つかないように、どうか兵士たちを遠ざけてくれ」

　この言葉を聞いて、カーリーはローン・ベアの腕をギュッと掴んでささやいた。

「さあ、今からワイチューが白人の言葉になおすんだ」

　馬のサドルに寄りかかって、酔っ払ったワイチューがグラッタンに向かって何か叫んで言うと、突然、若い中尉の顔がカッと怒りで燃えて、パッと命令を出すと、兵

士たちは銃を持ちあげた。兵士の中の1人が発砲し、コンカリング・ベアと共に立っていたヘッド・マン（指導者）であるコンカリング・ベアの弟を撃った。コンカリング・ベアは弟に走り寄って叫んだ。

「私の部族の者を撃つな！　それから、お前たち、ブルーレの者たちは引き下がれ。矢を固定しろ！　戦うな！　我々はまだ、この事態を平和裡に解決することが

できる。白人たちよ、これ以上撃つな！」

　しかし、グラッタンはすでに叫んで別の命令を出し、大砲の狙いを定める準備をしていた。突然、2発の大きなドーンという轟音がして、マスケット小銃がバラバラと鳴った。そして、ちょうど大砲の弾がティーピーを引き裂いた時に、3人の部族の負傷者の血しぶきととも

に勇敢なコンカリング・ベアが前に倒れた。

　すぐに、ストレート・フォアトップがライフルを持ち上げ、大砲の煙の中で発砲した。グラッタンは横腹を摑んでよろめいた。そして、怒ったインディアンの戦士たちが一斉に群れをなして土手を越えて下りて来た。何人かの白人兵がその場で殺された。また、インディアンの戦士たちが獣の遠吠えのようにうなりながら激しく突進してきたので、兵士たちの中には道の方に逃げ出す者もいた。

　カーリーは、自分も飛んで行って戦いに加わりたかったが、まだ自分は弱く自信がないと感じた。ローン・ベアも同じように感じたようだった。2人はまだ人が殺されるのを見たことがなかった。

「怖いかい？」

　ローン・ベアが、隠れている茂みから地面に横たわっている死体を覗いて見た時、ブルブル震えてカーリーに尋ねた。

「いいや、怖くない。どんな感じか自分でも分からない。これまで、僕は何か勇気のあることをしたかったんだ。だけど、しなかった」

　とカーリーが答えると、ローン・ベアも言った。

「今こそできる！　俺だって！　俺は死んだ男たちにとどめの一撃を加えてやるぞ」

　一言も言わず、カーリーは必死に土手を這い上がって、土手のてっぺんからブルーレの集落のなかに飛び込んで

行った。ローン・ベアもカーリーの後ろにくっついて続
いた。誰も、わめいている幼い戦士に注意を払う者はい
なかったが、2人は地面のあちこちに無造作に倒れてい
る血まみれの体に触れながら走った。

「僕は、勇敢なカーリーは、臆病な白人たちにとどめの
一撃を加えてやったぞ！」

と、ついにカーリーは叫んだ。

「俺だって！　1人ひとりにとどめを刺したんだ。そし
て、あの、死んだワイチューを蹴とばしてやったんだ！」

とローン・ベアも悲鳴のように叫んだ。

その時までに、ほかの部族の戦士たちがブルーレの集
落に合流してきていた。ハンプがカーリーの肩を摑んだ。
「急ぐんだ、幼い兄弟よ。それにお前もだ、ローン・ベ
ア。自分の集落に戻るんだ、そして、女たちがティー
ピーを撤去してトラボワに載せるのを手伝うのだ。我々
はこれから――」

カーリーはハンプが言うのをさえぎって不安げに尋ね
た。

「コンカリング・ベアは死んだの？」
「我々インディアン側には、1人も死者はいない。だが、
グラッタンの兵は全員殺された。だから、これから、何
が起こるか誰にも分からん。だから、我々は丘の高いと
ころへ向かうのだ」

ハンプは急いでこう答えて言った。

第8章　カーリーの戸惑い

　ラニング・ウォーター川の堤の上に野営を張った集落では、皆小さな声で話していた。ペーパー・チーフであるコンカリング・ベアのティーピーでは、メディスン・マン[注1]が祈っていた。

　ティーピーの裏でうずくまっている3人の少年たちには、メディスン・マンの話す声や、がらがらと祈りの時に使う鳴り物の音が聞こえた。それが止むと、弟のリトル・ホークが兄のカーリーにささやいた。

「チーフはすぐに死ぬの、カーリー？」

　カーリーは重々しくうなずいて優しく答えた。

「父さんは、夏に雪が溶けるように徐々に弱って消えていくだろう、って言ってる。あと、何日も持たないだろう。そして──」

「シーッ！　コンカリング・ベアがしゃべっている」

　リトル・ビッグ・マンはカーリーを黙らせた。

　少年たちはよく聞こうと近くに寄り合った。初めは傷ついたチーフの声はとても弱々しくて聞き取れなかったが、次第により力強くなってきた。

「忘れるな。私が死んでも白人たちに激怒して、仕返しはしてはならない。決して、若い者たちに白人と戦わせてはいけない。さもないと、もっと、もっと大きな災いがやって来るだろう」

とコンカリング・ベアが言うのを3人は聞いた。

　コンカリング・ベアは痛ましく呻き、カーリーは彼の苦しみを思って胸が締め付けられた。カーリーは立ち上がり、あとの2人には何も言わず、レッド・ストリークがつながれている木のところまで急いで歩いて行って飛び乗ると、馬を走らせ集落から遠ざかっていった。リトル・ビッグ・マンが後を追いかけ叫んだ。

「カーリー、どこへ行くんだ？」

「どこか分からない。1人になりたいんだ」

　カーリーは叫び返すとレッド・ストリークを西へ向けて走らせ、川からいくらか離れた丘の頂上に来ていた。そこでカーリーは馬を下り、馬を放して歩かせ、自分は地面の上に体を投げ出した。なぜ、そんなに唐突に集落を離れたのか自分でも分からなかった。

　あまりに多くの戸惑うことばかりが、立て続けに起こった。そのことひとつひとつを考えるのには時間が必要だった。そしてここ、すなわち自分の馬と小さな背赤の鷹がアザミの枝を揺らして飛んでいる以外は、誰もいないだだっ広い青空の下は、1人で考えるのにいい場所だった。

　心の中でカーリーは数日前からの出来事を振り返り始めた。まず第一に、馬鹿げた雌牛騒動が起こった。その後、ブルーレの集落で起こった恐ろしい戦い。次に、大きなバッファローの皮に包んで、傷ついたペーパー・チーフのコンカリング・ベアを、強い戦士たち6人が運

んで丘までの逃避行。それから、怒った戦士たちの大群が交易所の建物に駆け戻った。そして、ドアを破り、中からインディアンたちが長いこと待っていた贈り物を全部奪った。その間斥候たちは、白人の道に沿って銃を持ったもっと多くの兵隊を見張所に集めてはいたが、誰1人出て来なかった。

「今ごろは、白人たちはきっと僕たちインディアンに恐れをなしているのだろう。そして今度こそは、きっと、僕たちの土地から出て行き、僕たちをそっとしといてくれるだろう。そうしてくれればいいのに」

とカーリーは思った。

突然、カーリーは自分の父親のような賢人になりたいと思った。知る必要のあることは、特に、自分自身のことについて知りたいことは、たくさんあった。すでに、白人にとどめの一撃を加えて倒す経験はしたが、それは、ローン・ベアがあえてそうするように僕に言ったからだ。それが本当に勇敢なことなのだろうか？　カーリーは、人はこのような疑問に対する答えを、夢の中で見つけることができることを知っていた。カーリーは決心した。

「僕はここで断食をして、ヴィジョン【注2】を見るまで祈ろう」

カーリーが立ち上がると、小さな背赤の鷹が川の方へ飛び去った。レッド・ストリークは草を探して丘を下って行っていた。もうカーリーの他には誰も居なくなった。もうまったく1人だった。カーリーは顔を上げて祈り懇

願した。

「どうか、僕にヴィジョンを送ってください、偉大なるワカン・タンカ！　ヴィジョンを僕に送ってください。お願いです」

　空から顔が現れ、優しく自分を見下ろしてくれるのが見えるのを期待して、カーリーは長い間そこに立っていた。だが、何も起こらなかった。太陽は沈み、風は冷たくなり、星が現れ始めた。自分がとても小さく感じられ、カーリーは丘の上でたった1人、半分になった月がゆっくりと西の空に沈んでいくのを見つめた。やがてカーリーは、自分の背中の下に小石を積み上げて、自分が眠ってしまわないようにして横になった。夜が更けていくにつれ、この世界の向こうに思いを集中して、再びヴィジョンを求めた。

　熱い太陽、空腹と渇きの朝が来た。だが、ヴィジョンは来ない。正午にはカーリーはもうすっかり弱り、具合も良くないように感じた。ギラギラ照りつける午後が永遠に終わらないように思えた。残酷な太陽がゆっくりと西の空に歩み、とうとう丘の向こうに落ちて消えていった。そして、薄桃色と金色の残照が広がった。

　突然、世界が皆黒一色になった。それから、空が2つに割れたように思うと、目がくらむような光が走った。ヴィジョンが来たのだ！

　力強い戦士が大きな赤褐色の馬に乗って空から大地に向かってやってきた。空色の青い膝当てを付けていた。

1匹の背赤の鷹が流れるその髪に留まっていた。右の頬にはひとすじの稲妻がジグザグに走り、胸には青い雹の点々があった。茶色の小石が一方の耳に付いていた。人々の群れが、その戦士の後ろに集まっていた。そして、その赤褐色の馬が天から疾駆して来る時、黒に色を変え次に白へと色を変えた。それから、赤い点々がまるで魔法のようにその体を覆った。その馬はだんだんとこちらへ近づいてきた。すると、カーリーは幽霊のような敵の一群が、銃をガンガン撃ち、矢をひゅうひゅうと放ちながら、その馬上の戦士めがけて突進して来るのを見た。しかし、戦士には決して当たらず、その戦士は敵の真っ只中を、無傷で走り続けるのだった。それから、1人の男が後ろから飛びかかり、その戦士の体を摑んだ。その瞬間、カーリーがその戦士となって、自由になろうともがいていた。耳元で、大声で叫ぶ声がしてカーリーは目を開けた。父がカーリーの肩を揺さぶって、上に覆い被さるように立っていた。

　ホーリー・マンの父は、激怒して尋問するように言った。

「なんという馬鹿なことを！　こんな時に逃げ出すなんて！　ハンプと私は、ペーパー・チーフ（コンカリング・ベア）の死の床についていなくてはならない時に、二日間もお前を捜し続けたのだぞ。どうして、お前はこんな軽卒なことをしでかしたのだ？」

　カーリーは起き上がって座り、目をこすり、あまりに

86

戸惑って何も言葉が出なかったが、

「逃げたんじゃない。この丘の上に居る理由があったんだ。僕は——」

とやっとのことで弱々しく言った。背の高い、ハンプの人影がレッド・ストリークを引き連れて、突然丘の稜線から現れ怒って言い放った。

「立て、兄弟よ。さあ、お前の馬に乗るんだ。もう、そろそろ暗くなる」

何も言わず、カーリーは従ったが、体がだるくてとても馬の背に乗れないくらいだった。3人は黙って家へ帰って行った。カーリーは自分が見たヴィジョンのことを話し、それが何を意味するのか聞きたかった。だが、今はその時ではないと分かっていた。もう、あまりに疲れていてどうしようもなかった。

集落に着いても、カーリーは母にもほとんど話さなかった。そして、母が差し出したスープを横に押しやった。父が何か聞きたげにカーリーを見て尋ねた。

「どこか悪いのか、カーリー？」

再びカーリーはヴィジョンのことを話したいと思ったが、やはり言葉が出てこなかった。何かの塊が喉に上がってきた。そして、とうとう不快そうにそれを吐き出して言った。

「父さん、どうして父さんとハンプは僕がまるでまだ赤ん坊みたいに叱るの？　どうして、まだ僕をカーリーって、バカな赤ん坊の名で呼ぶの？　もうすぐ、僕は13歳

になるんだよ。僕は、僕はもうちゃんとした大人なんだ！」

「一人前の男だと認められるまでは、子どもは子どもだ。認められれば、その子にはちゃんとした大人の男性の名前が与えられるのだ。そんなことは分かっているだろう、息子よ。さあ、もう着替えて寝なさい」

と父は笑って優しい声で言うと、カーリーは、父に言われたとおりにティーピーの中をよろけていってすぐに眠ってしまった。

夜明けにカーリーは、女たちの泣き声で目が覚めた。ペーパー・チーフ、勇者コンカリング・ベアが死んだのだ。その日遅く、カーリーは、ハンプと他３人の男たちがラニング・ウォーター川を見下ろす緑の丘の上に、高い埋葬台【注3】を建てる手伝いをした。そして、その台の上に、羽根で飾った戦闘帽を頭にかぶり、一番立派な衣服をまとって、横に盾を携えて、亡き良きチーフが安らかに横たえられた。

チーフが亡くなった今となっては、インディアンたちにとって、これまでも面倒が起き、またさらに面倒が起こるかもしれない白人の道の近くに野営する理由はなかった。ミネコンジョー族とオグララ族は北を目指し、ブルーレ族は北東部のホワイト・アース川に向かって出発した。カーリーの家族は、母親がしばらく自分の親族と一緒に過ごせるように、ブルーレ族と共に出発した。

ブルーレ族のチーフであるリトル・サンダーは、冬の

野営地として、素晴らしい土地を選んだ。バッファローがたくさんいて、狩りも上々だった。男たちは狩りを終え、たくさんの皮や肉を馬に積んで帰って来た。女たちは新しいティーピーのカバーや、毛皮で縁取りしたモカシンやシャツを作った。子どもたちは、干し果実にして、フレッチャーに貯蔵しておくために、野生のプラムやベリーを採集した。皆来るべき厳しい寒い日々に備えて準備するのに忙しく、あの雌牛騒動のことはほとんど忘れてしまっていた。

　しかし、落葉の月のある日、カーリーと父親は、叔父のスポッテド・テイルが戦闘用の縞模様を顔に塗っているのを見た。他の者は誰も驚かなかった。白人が協定書の約束を破った以上、インディアンたちは自分たちの敵と平和に共存する必要などなかった。だが、この少年たちは、一体どうなっているんだろうと、もっと本当のことを知りたかった。

「皆クロウ族と戦うの？」

　と弟のリトル・ホークが尋ねると、スポッテド・テイルが髪に羽根を結びながら答えた。

「いや、白人とだ」

「白人と!?　だけど、コンカリング・ベアが僕たちに決して白人と戦ってはいけないって言ったよ。ねえ、僕たち聞いたよね。ねえ、カーリー？」

　リトル・ホークがびっくりして大声で言うと、兄のカーリーはうなずいた。その時スポッテド・テイルが立

ち上がって戦闘用の盾を取り上げた。

「チーフが殺されたら必ず復讐せねばならんのだ。これが、我々の部族のしきたりなのだ」

弓に手を伸ばしながらスポッテド・テイルはそう言って、チーフのリトル・サンダーのティーピーの近くで待っている他の4人の戦士たちの方へ大股で歩いて行った。

それからすぐに、皆は、誇らしげに勇敢な戦闘歌を歌いながら集落から馬を飛ばして出て行った。カーリーは、皆と一緒に行きたいと思って、戦士たちが丘を越えて見えなくなるまで見送っていた。

これまで、この地域のインディアンの誰１人、白人に対して戦いを起こしたことはなかった。そして、戦士たちが今戦いに行くのを見て、困ったと思うブルーレ族の

人たちもたくさんいた。だが、

「白人たちの方が先に仕掛けてきたんだ。奴らは、協定の約束を破り、白人たちが選んだ我々のチーフを殺した。我々は、奴らの誰かが良きリーダー、我らのコンカリング・ベアの苦しみを埋め合わせない限り、白人たちと再び友人になることはできない」

と言う者たちもいた。

毎日皆は、出かけて行った小さな戦闘集団が帰ってくるのを案じて待った。やっと、ある夕方、戦士たちが帰ってきた。雪が降って北風が冷たかったので、皆何があったのか話を聞きに、会議用ティーピーに集まった。スポッテド・テイルが話し始めた。

「我々は、1台の幌馬車がやってくるまで、雌牛騒動の場所からそう遠くない白人の道の近くに隠れていたのだ。それはいわゆる白人たちの言う郵便馬車の類だ。我々は御者とその横の男を殺し、中の男を追い出した。それから、我々は鉄の箱を開けると、その中には、金と銀の丸いやつと、【注4】山ほどたくさんの緑色の紙きれが詰まってい【注5】

た」

　スポッテド・テイルはここで一休みしてパイプに火をつけたので、ロング・チン（長い顎）という名前の男が話の先を続けた。

「緑の紙きれなんかなんの役にも立たんから、風で飛ばして、金と銀だけ持って来た」

「ところで、それは、髪に飾る以外に何かいいことはあるのか？」

　遠くの暗がりに座っていた年老いた男が叫んだ。

「白人と交易すれば、それで銃をくれるものもいるだろう。我々が帰る途中に立ち寄った時、ジム・ボルドーが我々にそう言ったのだ」

　とスポッテド・テイルが言った。

「近くに兵隊たちはいたのか？　青い軍服の兵隊たちを１人も見なかったのか？」

　とカーリーの父クレイジー・ホースが尋ねると、スポッテド・テイルが答えた。

「ボルドーが、砦には多くの新しい兵隊たちが来ていると言っていた。我々にも、ずっと遠くに兵士が何人か見えたが、誰も我々を追いかけては来なかった」

「それはよかった」

　チーフのリトル・サンダーが厳かに言った。

「これで、ペーパー・チーフ、コンカリング・ベアの復讐はできた。雌牛騒動はこれで終わりだ」

　それから、穏やかで平和な九ヶ月の間、族長リトル・

サンダーとそのブルーレ族の人々は皆、もうこの件は終わったものと信じた。しかし、その後、ブルーレの部族に恐ろしいことが起こった。

【注1】メディスン・マン：祈禱師、まじない師。病気の治療なども行った

【注2】ヴィジョン：霊夢。神のお告げのある不思議な夢

【注3】埋葬台：大空の墓。平原部族では遺体が動物に傷つけられないよう、死者がすこしでも空に近づけるよう高い台の上に横たえたり、木の上に安置した

【注4】金と銀の丸いやつ：硬貨（コイン）

【注5】緑色の紙きれ：ドル紙幣のこと

第9章　恐ろしい一日

「白人に友好的なインディアンは皆、直ちにプラット川の南に移動しなければならない」

　ブルーレ族のチーフ、リトル・サンダーは、ララミー砦からこの知らせを持って来たグース（ガチョウ）という男を重々しく見つめてゆっくりと尋ねた。

「私には理解できないのだ、グース。これを誰が言ったのだ？」

「砦の新しい隊長だ。顔に白い毛をはやしたハーニーと言う名前の男で、皆が移動するかどうかを知りたがっている。だから、俺はその答えを砦に持って帰らねばならない。今では、非常にたくさんの兵士が砦に集まっている、非常にたくさんだ」

　とグースが伝えると、リトル・サンダーはゆっくりとうなずいた。それから、殺したばかりの新鮮なバッファローの肉でいっぱいの干し棚や、忙しそうに皮を剝ぐ女たちに目をやった。

　ブルーウォーター・クリーク（川）の野営地はプラット川の北で、ララミー砦からそう遠くなかった。どうして白人の隊長はブルーレ族の移動を望むのだろうか？　あの年老いた雌牛騒動以外は常に白人と仲良くやってきたブルーレ族ではないか？　リトル・サンダーはグースの方を向いて言った。

94

「その白髭の隊長に伝えてくれ、この暑い最中、しかも
バッファローの肉や皮を干している時なのに、私の部族
を移動させるべきではないと思う。我々の友好を示すだ
けのために、こんなことをやるのはばかげている」

　それから女の1人を呼んでグースに食べ物を持って来
るように言いつけ、活きのいい馬を1頭与えると、グー
スは砦に帰って行った。

　それから数日後、カーリーはブルーレ族の友、ハイ・
シャツ（かっこいいシャツ）と一緒に、サンド・ヒル
（砂丘）と北東部の真ん中あたりに野生の馬を探しに行
くことに決めて、ちょうどその朝、日の出とともに馬を
飛ばして集落を出た。集落から数マイルの高い丘の上を
回った時、2人は突然馬を止めた。そして、丘の稜線の
向こうに隠れた集落の方を驚いて凝視した。真っ黒な煙
が大きな雲となって空高く立ち昇っていた。

「あれは、調理の火じゃないぞ。あまりに多すぎる。僕
たちの集落が燃えてるんだ！　クロウ族が襲ってきたの
かも知れない、それとも──」

とカーリーが叫ぶと、

「白人だ！」

　とハイ・シャツがカーリーをさえぎって、怖さに震え
る声で言った。カーリーはハイ・シャツを見つめ、カッ
として言った。

「もしお前が、白人が怖いのなら、そんな弱虫なら、も
う、友だちじゃない！」

そして、年上のハイ・シャツがものを言う前に、カーリーはもう丘を半分ほども下っていた。カーリーの小柄な駿足の馬レッド・ストリークは、何か悪いことにでも気づいたかのように、矢のように冬の北風を切って大地を走った。

カーリーが、ブルーレの野営地の後ろの丘の麓で馬を止めた時、レッド・ストリークは、息を切らせ、口は泡で覆われていた。カーリーはレッド・ストリークをヒイラギカシ（ブナ）の木につなぎ、用心深くあたりを見回した。集落から物音は聞こえなかった。膝を落として、地面に耳を当てると、遠く南の方へ進む男たちのダッダッという行軍の足音を聞くことができた。「白人だ！奴ら、砦の方に向かっているんだ」、と腹立たしく思った。カーリーは、近くに未だ白人が潜んでいるかもしれないと恐れながら、蛇のように黙り込んで丘をくねくねと曲がりくねって登って行った。丘の頂から一望して見下ろして、カーリーは信じられないような光景を見つめた。

今朝集落を出た時は、皆忙しそうに働き、幸せな人たちでいっぱいだった。その集落がもうなかった！　地面には、積もった灰から立ち昇る煙、半分焼けた皮の束がくすぶり、真っ黒く炭になったパーフレッチや、いくつかの黒く焦げた肉が見えるだけだった。

カーリーは、飛ぶように速く丘をかけ下り、廃墟となった野営地の中をまだ生きている者の気配がないかと

探し回った。1人もいなかった。カーリーは夕闇の中を、腰をかがめて地面を急いで調べて歩いた。野営跡地は車輪や、馬の蹄、兵士たちの長靴、インディアンたちのモカシンやトラボワなどが全部入り混じった残骸で覆われていた。いくつかの足跡は南へ、またもう1つは北東へと向かっていた。どっちに行ったものだろう？

「モカシンの靴跡が南へ向かっているということは、ブルーレの何人かが捕らえられたということだ。きっと他のブルーレたちは皆逃げて、だから白人の兵士がそのブルーレたちを追っかけているんだ。そして、どこかに隠れ場をつくって、持ちこたえているに違いない。だからすぐに、僕も皆の戦う手伝いをしよう」とカーリーは思った。

丘を越えて、レッド・ストリークにまたがると、カーリーは北東を目指して走った。しばらくの間、カーリー

は深まる暗がりの中で足跡を辿った。それから突然、砂丘の崖下の茂みで、レッド・ストリークがひるんで恐怖に鼻を鳴らした。カーリーは眼前に現れた光景を見て恐怖の激情に息を詰まらせた。その茂みには、こと切れたインディアンの死体が散らばっていて、どんなに恐ろしい戦いだったかを物語るものだった。レッド・ストリークの背からそっと下りて、カーリーは急いで死体から死体へと走り、1人ひとりを、かがんで顔を覗いていって、恐るべきことを理解した。ここで、毎朝、子どもたちも年老いた者たちもブルーウォーターの堤の上で楽しく遊んでいたのだ。ほとんどの死体は白人たちによって頭皮を剝がされていた。カーリーは、その中に、1人も自分の家族や親しい友の顔はなかったが、このひどい光景に気分が悪くなった。

　カーリーは、兵士たちの足跡が今度は西に曲がっているのを見つけた。青い制服の軍隊は、これより向こうに逃げたインディアンたちを追わなかったのだ。この崖で殺されなかったブルーレの人たちはどこへ行ったのか？カーリーの家族や友たちに何が起こったのだろうか？

　夕闇の迫る中、カーリーはとうとう、皆が辿った足跡を見つけた。その足跡を辿っていくと、逃げる途中で皆が落としていった、いろいろなものに出くわした。突然、足跡の脇で誰かが泣いている声が聞こえた。カーリーは、茂みの中で赤ん坊を両腕に抱いてうずくまっている女を見つけた。悲痛にむせび泣きながら、女は自分の夫も息

子も戦いで殺されたと語り、
泣き叫んだ。
「もうこの小さな赤ん坊だ
けしかいない、そして私は
もう具合が悪くてこれ以上
進めない」
「進むんだ！　行かなく
ちゃ。あなたは生きな
きゃ。皆が辿った道に
壊れたトラボワが
あったから、僕が

今からそれを持って来るよ」
　と言うと、カーリーはそれを取りに行って間もなく
戻ってきた。修理したトラボワに赤ん坊とその母親を乗
せると、レッド・ストリークが引っ張った。灰色の雲が

薄明に浮かぶ薄い月を覆い、やがて雨が降り始めた。かわいそうに、時々トラボワの棒が尖った岩にぶつかったりすると、女はすすり泣いたが、赤ん坊は静かだった。やっと雨が止んだ。空は少し明るくなった。そして、ちょうど日の出すぎ、カーリーはそう遠くない小さな湖の岸辺に、いくつかのティーピーを見つけた。すると、すぐにロング・チンが丘の近くに馬を走らせて来て、カーリーの横で馬を引きとめながら訊いた。

「私が集落を守っている。だから、急いで話さなくちゃならん。お前、何か白人の形跡を見なかったか？」

「いいえ、戦いのあった場所で西に向かう白人の足跡を見てからあとは、何も——。僕の家族は助かったの？」

とカーリーは尋ねた。

「スポッテド・テイルの他は誰も負傷者はいない。スポッテド・テイルも４ヶ所撃たれたが死にはしないだろう。我が部族の半分近くが殺され、捕らえられた。チーフのリトル・サンダーや多くの者が怪我をした」

ロング・チンはそう答えると、向きを変えて、速馬で丘を駆け上って行った。カーリーは馬を下り、レッド・ストリークを引いて徒歩で自分のティーピーに向かった。

集落に近づくと、母がカーリーの無事な姿を見て、大声で喜び叫びながら走って迎えに来た。他の２人の女が走って来て、トラボワで運ばれた女と赤ん坊の世話をした。それからすぐにカーリーは、何枚か重ねた寝具の上に座って、大きな角のスプーンで熱いスープをグッと飲

んだ。カーリーは疲れてほとんど目を開けていられなかったが、尋ねた。

「どうしてこんな恐ろしいことになったんだ？　で、父さんはどこにいるの？」

「お父さんは怪我をした人たちの面倒を見ているの。さあ、私も家族を失ったこの赤ん坊に食べさせなきゃ。リトル・ホーク、お前は壊れた弓を修理しなさい。もし白人が私たちを見つけたら必要になるからね。そして、兄さんのカーリーに起こったことを話してあげなさい」

と母は言った。

弟のリトル・ホークが自分の弓に長い皮紐を巻きつけながら話し始めた。

「兄さんとハイ・シャッツが集落を出てからすぐに起こったんだ。誰かが、縞模様の旗がこっちにやって来るのを見かけたんだ、すると、たくさんの兵士たちがその後に続いてやって来ていた。女たちは、すぐに、ティーピーの杭を外し始めた。だが、チーフのリトル・サンダーは、白人たちは友好的な集落を攻撃することはないから何も恐れることはない、と言った。それから、リトル・サンダーとスポッテド・テイルとアイアン・シェル（鉄の貝殻）が兵士たちに、3人とも白旗を掲げて会いに行ったんだ。そして、白いひげのチーフと友好の印のパイプを吸い交わした。そして──」

と言い、リトル・ホークはちょっと休んで、もう1本の皮紐を見つけた。

「それから――？」

　と、カーリーは鋭く尋ねた。

「それから、その白髭のハーニーが、雌牛騒動の時グ
ラッタンとその兵士たちを殺した男たちを捕らえに来た、
と言った」

「だって、それはずっと前のことじゃないか！　しかも、
戦いは皆が入り混じって混乱してて、その時、ブルーレ
の誰が白人を殺したかなど誰に分かるもんか」

　とカーリーは叫んだ。

「そうだ、それと同じことを、僕たちのチーフ、リト
ル・サンダーはハーニーに言ったんだ。でも、白髭はそ
れには構わず、まだ話しているのに、白人の兵士たちを
集落の近くに隠れさせていて、その兵士たちが突然一
斉に、僕たち目がけてワゴン・ガンを持って飛び出して
きた。僕たちの戦士や男たちは武器の準備もしていな
かったが、できるだけは戦い、残りはその間に逃げた。
それから、僕たちが砂丘の崖に着いた時――」

「分かってる」

　と、カーリーは静かに言うと、リトル・ホークは叫ん
だ。

「奴らは年寄りも、女も、子どもも撃ち殺したんだ！
レッド・リーフ（赤い葉）の幼い娘は捕らえられたし、
アイアン・シェルの奥さん、そしてロング・チンのお母
さんも、そしてもっと多くの人たちが。ねえ、皆は白人
の牢屋に入れられるに違いないんだ。その人たち、どう

102

したらいいんだろう、カーリー？」

「僕たちの部族は、皆を取り戻すまで戦うんだ。そして、白人たちによって殺されたブルーレの人皆の復讐をするんだ」

カーリーは怒りで荒々しく言い放った。

カーリーの言葉は勇気をもって皆に力強く語られた。そして、日が経つと、捕まった人たちを助け出すために戦いたいと願う多くの人たちがカーリーに続いた。しかし、チーフの賢者リトル・サンダーは、負傷した傷から回復しつつあったが、白人の砦に戦士軍団を送るには、まだ十分な力を持っていないと警告を与えた。

しかしながら、ハーニー将軍のブルーレ集落攻撃の知らせは、素早くティートン・スー族の他の部族に広がった。そして、それぞれの部族のチーフたちは各集落に、これから白人に対してどう対応するかを決めるために、ブラック・ヒルズの近くのベア・ビュートでインディアンの大会議を開くと、使いの者を走らせた。

第10章　戦士、若きクレイジー・ホース

　美しい夜だった。ブラック・ヒルズ近くのベア・ビュートに建てられたたくさんのティーピーの上に、星がキラキラと輝いていた。中央の野営の火が高く燃え上がり、巨大な円を作って集落に建てられたたくさんのティーピーを照らしていた。太鼓の音が間断なく続いた。この大きな全野営地中どこでも、人々は皆歌い、踊り、ご馳走を楽しんだ。

　カーリーは、オグララ族の集落にある父のティーピーの近くに立って、バッファローのあばら肉の大きな塊をほおばっていた。食べ終わると、その骨を火の中にポンと投げ込んだ。油で汚れた顎を手で拭っていると、ヒー・ドッグがカーリーを肘でつついてささやいた。

「ほら、シティング・ブル（座った雄牛）が来るぞ」

「それに、レッド・クラウドも」

　口にいっぱい詰め込んでローン・ベアがもぐもぐしながら言った。

　カーリーはサッと振り向いて、大股でやってくる逞しく立派な姿の戦士たちをほれぼれと見つめた。勇壮な戦士たちを目のあたりにすると、少年たちは誇らしさで胸いっぱいになり、あの日、カウンシル（会議）用のテントで会った他の勇敢な男たち皆に思いを馳せた。ミネコンジョー族のローン・ホーン（寂しき角笛）やタッチ・

104

ザ・クラウド（雲に触れる）、リトル・サンダー、マン・アフレイド、カーリーの叔父のスポッテド・テイル、カーリーの最高の友であるハンプ。そして、名前は知らないが他の多くの戦士たち……を思い浮かべるのだった。

　5日間、ティートン・スーのリーダーたちは、大きなテントで話し合いを続けた。今日は、最後の会議が開かれ、いよいよ、白人たちに対してなさねばならぬことが決定されることになっていた。カーリーは、そのテントの外に座って、知恵者で立派に話すレッド・クラウドの意見を一心に耳を傾けて聴いた。レッド・クラウドは重々しく言い始めた。

「白人は二度もブルーレの集落を襲った。我々の友であるシャイアン族の集落も焼き払った。そして、ミズーリ川の近くの狭い土地にインディアンを強制的に移動させ、定着させようとしている。それはリザベーション（保留地）というもので、いわば壁のない牢獄のようなものだ。だんだん多くの白人が、ミズーリ川を越えて我々の土地にやって来ている。我々は、ティートン・スー族の土地に白人を入れてはならない」

　と話したところで、「ホー！　ホー！」という叫びが、100人以上の者たちの口から上った。

「我々にはたくさんの人間がいる。そして、我々ティートン・スー族は強い。我々は一致団結して頑張ろう。銃と弾薬を手に入れよう。それから、友好的な商人と猟師以外は、白人を永久に我々の土地から閉め出すのだ！」

レッド・クラウドはさらに続けて大声で言い終えた。
　このような、人の血を沸かすような言葉を聞いて、カーリーの背筋に感動の震えが走った。それから、突然、カーリーはローン・ベアが自分の胸をつつき、自分を見て笑っているのに気づいた。
「お前、耳が聞こえないのか？　俺たちは二度もお前に踊りに行くぞって言ったんだぜ。さあ、行こう」
　カーリーは首を振った。カーリーは部族の騒がしい踊りがどうしても好きにはなれなかった。そして、遠く丘の上に顔を向けると、孤独な人影がカーリーの目に入った。
「さあ、踊りに行ってこいよ。僕は父さんと話がしたいんだ」
　カーリーはそう言うと向きを変えて、集落から急いで出ていった。間もなく、父親と息子は、大野営地を見下ろして黙って一緒に座っていた。集結した７つの部族の集落の大きな野営の火が、夜空に飛ぶたくさんの蛍（ツチボタル）のようにちらちら光った。そして、黒いサクランボの月の季節・８月に、人々のざわめきの声が虫の声のように立ち昇ってきた。
「僕たちの部族ティートン・スー族の仲間に、こんなにたくさんの人がいたなんて知らなかった。僕たちの部族は巨大な山のように強いんだね！」
　沈黙を破ってカーリーが言うと、ホーリー・マンの父クレイジー・ホースはパイプを取って一服吸って、煙を

ゆっくりと空に向かって吹きだしてから思慮深く口を開いた。

「どんな部族でも強いリーダー（指導者）がいて初めて強くなるのだ。我々には多くのリーダーがいるが、我々を１つにまとめることができる者はまだ１人もいない。時々、私は思うのだ、息子よ。お前がそのようなリーダーになってくれたらと望んでいるのだが——」

そう言って、首を振った。そして付け加えた。

「もし本当にそのようになるのであれば、偉大なるワカン・タンカが、お前にヴィジョンを送ってくれるはずなのだが」

「もう、送ってくれたよ！」

カーリーは急いで数ヶ月前カーリーに訪れた夢のことを父に話してから尋ねた。

「それはどういう意味なの？」

「それは、お前が大人になってから、夢で見たような強い戦士になるということだ。たくさんの馬を乗りこなし、戦いの先頭に立つのだ。ただし、戦いでは必ず夢の中の戦士のように体に色を塗り、身づくろいしなければならない。それが厄払い（身を守るまじない）となるのだ。そうすると、敵に直面しても、どんな弾丸も弓矢も決してお前を射抜くことはできない。ただ、後ろから攻撃してくる者からだけはやられることもある。だが、お前は常に勇敢でなければならない。戦士たちの中で誰よりも一番勇敢でなければならない」

107

父は誇らしそうに答えた。

「人はどうしたら強く、勇敢になれるの？」

カーリーはすぐに尋ねた。

「人は、自分のことを考える前に、他の人々のことを考えることによって勇敢になれるのだ」

ホーリー・マンの父は立ち上がりながら答えた。カーリーは一瞬父のすぐ横に行って、そうなりたくても不安でいっぱいになり、父の目を見ながら尋ねた。

「じゃあ、もし僕がそのように勇敢になったら、僕はチーフに選ばれるの？」

父ホーリー・マンはしばらく星の輝く空を見上げ、それから下を向いて平原の野営の火を見下ろして、ゆっくりとカーリーに話した。

「チーフになれるかどうかは私には分からない。だが、もし、お前が見たヴィジョンに忠実で、部族の人々にとって良いことを考えて行動するなら、いつの日かリーダーになれるかも知れない。たぶん、偉大なリーダーに、な。しかし、そうなるには勇気と力を身につける必要がある。その道は困難だぞ、息子よ。その道は険しい」

そして、上衣の毛布を両肩に回して纏うと、丘を下り始めた。その晩、カーリーは寝床に行くと、これからたくさんの勇敢なことをしようと決心し、いつかチーフになれる日が来るだろうかと思った。

それから数ヶ月の間、カーリーはしばしば戦いで先頭に立って戦士たちを率いている自分の姿を思い描いた。

108

しかし、自分には戦いに行く機会は訪れないように思えた。オグララ族は、その後白人の道から遠い北方のパウダー川の土地に移動し、そこには、もう敵の部族もいなかったのだ。そして、カーリーやその仲間たちを喜ばせるには、あまりにも物事は平和裡に運んでいた。

　ところが、ある朝オグララの集落に大きな興奮が起こった。戦士たちが、顔に鮮やかに色を塗り、頭には大きな羽根飾りをつけ、光る槍を持って集まっていたのだ。
「クロウ族が僕たちのところに攻めて来たの？」
　ハンプが戦士団に参加するために馬でやってきた時、カーリーは尋ねた。ハンプは自分の黒馬を止めると答えた。
「いいや、違う。我々は、この我々の土地のすぐ近くまで押し寄せてきた奇妙な初めて見る部族と戦うのだ。奴らは草の家に住み、我々には分からない言語で話すのだ。奴らは必要以上に多くの馬を持っている──」
　すると、カーリーは目を輝かせてハンプをさえぎって、大胆にも言った。
「ハンプ、僕も行きたい。馬を手に入れる手伝いをしたいんだ。僕も一緒に連れて行ってくれる？」
　ハンプは大丈夫だろうかと、いぶかし気に、しばらくの間、カーリーをじっと見下ろしていた。カーリーは、まだ年の割には小さかった。カーリーの肌の色や髪の色はたいていのインディアンの肌や髪の色ほど濃くなく、薄く、明るい色だった。それは、一目見ただけでは、

109

カーリーを強いというより弱々しく見せた。しかし、カーリーはしなやかで、たくましい筋肉を持っていて、ハンプはカーリーの顔に最近見える新しい決意の表情に気づいていた。

　そして、ようやくハンプは言った。
「準備してこい、若い兄弟よ」
　カーリーは大喜びで、踵を返して自分のティーピーに急いだ。数分後ティーピーを出る時には、カーリーは母が何日も前に作っていた、青色で染めたバックスキンの脚当てを着け、髪には干した背赤の鷹を載せ、片方の耳の後ろには茶色の小石を鹿の腱で結び付けていた。1本の稲妻のジグザグがカーリーの右頬を走って描かれ、胸には青色の雹の点々が描かれていた。
「さあ、戦士ができた！　お前の厄除けのおまじないは立派だよ！　勇敢に！　息子よ、勇敢に戦うんだよ！」
　カーリーがレッド・ストリークに跨がった時、母がティーピーの出入り口から叫んだ。
　カーリーは、母に弓を振って挨拶し、馬を走らせてすでに集落を出ていたハンプたち戦士一群の後を追った。戦士たちは歌い、笑い、そして、自分たちが打ち倒す敵の数や、捕獲する馬のことなどを話しながら西に向かっていた。誰1人、自分たちの後ろに、跡を追ってついて来る少年カーリーに注意を払うものはいなかった。しかし、カーリーはそんなことはどうでもよかった。カーリーは自分が見たヴィジョンのことを思っていた。

　グラスハウス・インディアンの男たちは、オグララ族が攻めてくることをすでに知っていて、高い丘の上の岩陰に隠れて待ち伏せていた。彼らは弓矢と弾丸の嵐で挨拶をしてきた。ハンプが戦士たちに向かって叫んだ。

「奴らは銃をたくさん持っているぞ！　これは厳しいぞ！」

　甲高い、耳をつんざくような戦いの叫び声をあげて、オグララ族は丘を丸く取り囲んだ。なんとかグラスハウスの男たちを何人か矢で射倒すことができたが、何度やっても丘の上まで馬で登ることはできなかった。敵の何人かが馬で駆け下りて来て、オグララの戦士が1人ひどく傷を受けて倒れた。仕方なく、皆は半円となって少し引いて、雨のように降ってくるたくさんの弾丸に向かって、丘の上まで登ってくれる者が出てこないものかと探した。

「僕が行く！」

　とカーリーが言った。

　一瞬の後、カーリーは、ものすごい速さで平原を横切って疾駆した。弾丸がひゅうひゅう、矢がピューンピューンとうなり、雨あられと飛び交う中にもかかわらず、丘の片側までまっすぐに馬を走らせた。カーリーめがけて銃の狙いを定めている敵の戦士を、カーリーの弓がはじけて打ち倒した。次にくるりと向きを変え、別の敵に向かって下りて行った。オグララ族から大きな歓声が上がり、カーリーの心は誇らしさで膨らんだ。そして、

いよいよ真に勇敢なことをやろうと決めて、レッド・ストリークの背から滑り下りた。敵はまだカーリーめがけて銃で撃とうとしていたが、カーリーは素早く2人の死者の頭皮を剥ぎ取った。

　ちょうどその時、グラスハウスの戦士が岩陰から出てきて、カーリーの後ろから矢を放った。そして、それはカーリーの脚に当たった。同時に、突然銃が火を噴いた。レッド・ストリークは驚き、カーリーがレッド・ストリークの横腹に届く前に走り去ってしまった。ハンプがカーリーに叫んで言った。

112

「下りて来い！　殺される前に早く下りて来るのだ！」

そして戦士たちには、敵の発砲を引きつけるために再び円を作るようにと、ハンプは身振りで合図した。

脚を引きずりひきずり、痛みに苦しみながら、カーリーは丘を死に物狂いで駆け下りた。弾丸はカーリーの周りの木々の葉を撃ち落とし、弓矢は岩陰から小径をかすめた。ハンプはレッド・ストリークと一緒に麓の平原でカーリーを待ち、皆は危険な所から走り去った。それから、カーリーは岩の後ろに座り、ハンプは刺さった矢をカーリーの脚から抜き、1枚の馬の皮で傷に包帯をした。カーリーはハンプを見つめ、自分が見たヴィジョンを思い出してハンプに告げた。

「父さんが言ったんだ。僕は、後ろから以外は、誰も僕を傷つけられないって。そして今僕は後ろから矢で打たれたんだ。それは、僕がヴィジョンで見た通りのことが起こっているということだね」

ハンプも同意して言った。

「お前のヴィジョンのまじないは良いものだ。なぜなら、お前は死ななかったしよく戦った、若い兄弟よ。お前はもう戦士だ。だから、戦闘用の馬が必要だ。お前が丘の上で戦っている時、我々は立派な子馬をたくさん捕まえたのだ。その中で最も良い馬をお前にやろう」

カーリーが感謝の言葉を言う前に、オグララの他の戦士たちを集合させるために、ハンプは自分の黒馬に乗って走り去っていた。間もなく、戦士たちは帰途についた。

集落の人たちがカーリーの父の後に1列になって続いた

　その夜は、燃え立つ野営の火を囲んで勝利の踊りがあった。その時、戦士たちは各々、その日の自分の勇敢な行いを皆に告げた。しかし、カーリーは自分の番になっても、後ろにじっとしていて何も言わなかった。傷がひどく痛かったからではなく、たくさんの人々の前に立ち、自分のことを大げさに言いたくなかったからだった。カーリーが陰でためらっていると、1人の男が出て、深い力強い声で歌いだした。ビーズを縫い取った聖なる上衣の毛布を纏って、カーリーの父親が、ゆっくりと火の周りを歌いながら回り始めると、皆静かになった。

　歌は次のようだった。

　今日、私の息子は見知らぬ奇妙な部族と戦った。
　息子は勇敢によく戦った。
　息子は一人前の大人の名前を受けるに値する。
　良い名前、すなわち強い名前を。
　私は、私の父が私にくれた名前を、私の息子に与えよう。
　今日から私の息子は、偉大な名前、
　クレイジー・ホース！　と呼ばせよう。

　カーリーの父、ホーリー・マンが歌うと、集落の人々はその後ろに続き、やがて皆は、共に歌い、笑い、勇敢な新しい戦士の名前を、何度も何度も呼びながら長い列となって続いた。

「クレイジー・ホース！　クレイジー・ホース！」と叫び、歓声を上げながら！

第11章　白人を殺せ！

「白人がやってくる！　白人が北へやって来ている。毛皮商人のボウズマンが作った馬をつなぐ杭の跡、ボウズマン街道を 辿ってやって来る！　白人が来ているぞ！」

　あちこちの丘の稜線から、灰色の小さな煙を吹き上げ、空にのろしが立ち昇って、全ティートン・スー族にこの知らせを伝える合図が送られていた。そこで、何百人もの戦士たちが馬に乗り、下方の谷を通る幌馬車の列を取り囲んで静かに佇んでいた。戦士たちは、ちょうど白人の銃の届かぬ射程外にいた。

　ハンプとレッド・クラウドが、この大戦士軍団のリーダーだった。２人は白人の方から仕掛けてこない限り戦いはしてはいけない、と決めていた。２人は、戦士たちにそう通告していた。

「銃１発も、矢の１本も放ってはならない。叫んでも、動き回ってもいけない。持ち場を離れる際は、別の者が取って代わる。夜も野営の火を焚き続け、白人たちに、我々が夜も見張っていることを知らせるのだ。そして、このようにして決して奴らに我々の土地を通ることを、我々は許さないと思い知らせるのだ」

　６日の間、スー族はこの命令を守っていた。そして、若いクレイジー・ホースには、自分が戦士になってから

117

一番厳しい戦いになるということが分かっていた。クレイジー・ホースは４年前、グラスハウス族から奪った元気な灰色の馬と同じくらい落ち着かなかった。しかし、鞍にまっ直ぐに跨って、イライラして自暴自棄になった白人たちをほとんど動かずにじっと見下ろした。彼はむしろ肌の白い白人たちを気の毒に感じたが、同時に怒りも感じていた。

「我々は、あの毛皮商人のボウズマンに、我々の土地を通って馬をつなぐ杭の列を打たせるべきではなかった。しかし、その時誰が、ボウズマンが白人のために道をつくったのだと知ることができただろうか。白人は、ただビッグホーン山に辿り着いて、金という砂利を掘るためだけだったはずなのだ」

　と思い、クレイジー・ホースは鞍の向きを変えて、自分の戦闘用の馬の頭を押した。横にいたローン・ベアがイライラして話し出した。

「どうしてハンプは、我々に戦いに下りて行かせて、白人たちをやっつけさせてくれないのか？　俺は家に帰って、冬に備えて肉を確保するために狩りがしたいのに」

　クレイジー・ホースは笑って言った。

「ハンプには、今自分たちが何をやっているのか分かっているさ。レッド・クラウドだって同じさ。彼は、昨晩２人の白人を我々の土地の通り道を通らせて、奴らがどこへ行くのか確かめたんだ。奴らは白人の道に行って、道伝いに立っている柱につないだ"新しい話せる針金"

118

（電信線）を使って伝言を送ったのだ。今度はララミー砦から兵士たちがやって来ている！」

すると、ローン・ベアがおうむ返しに言った。

「兵士たちだって？　俺たちはもう十分に強いんだから——おい、あれはなんだ？」

ローン・ベアは南の方に目をやって、持っていた重いマスケット銃に指を触れた。雲のように巻き上がる砂埃の中から、スー族の斥候が1人ボウズマン街道を猛烈な勢いで駆け上がって来た。そして丘を一気に駆け上がるとレッド・クラウドとハンプに馬を並べた。クレイジー・ホースにはその斥候が2人のリーダーと話しているのが見えた。間もなく伝言がすべての戦士たちに届いた。

「兵士たちはララミー砦に戻るように命令されたのだと知らせてきた。だから、白人の軍隊が何事もなくここを通りすぎて行けるように、皆は後ろに引け。だが、万一のもめごとに備えて準備しておくのだ」

この伝言が届くと、インディアンたちは幌馬車の列を取り囲んでいた円から整然と静かに引いて、大きく距離を置いた。そして、神経を張り詰めた戦士たちは、自分たちの土地を突っ切っているボウズマン街道を馬で登って来る、青い軍服の兵士たちの一団に目を凝らした。弓を持ち銃に弾をこめて万一に備えていた。だが、何事も起こらなかった。両側を軍隊で守られた幌馬車の列は、南を出発して白人の道に向かって進んで行った。すると、

インディアンたちから大きな勝利の歓声が上がった。

　それから帰途の長い道のりを、クレイジー・ホースと一緒に馬で戻り始めた時、ローン・ベアが勝ち誇って意気揚々と言った。

　「白人どもめ、まるでおびえたウサギのように転がるよ

120

うに逃げて行った！　俺たち、弓弦を引きもしなかった。もう、今度こそ、俺たちインディアンを放っておいた方がよいと、白人たちに思い知らせてやったぞ！」

　クレイジー・ホースもうなずいた。ローン・ベアの言った通りだといいなと思った。白髭ハーニーのブルーレ集落の攻撃以来、白人たちとのいざこざはなかった。おそらく、白人は自分たち白人同士の戦争で激しく戦っていたからだろうが。

　柔和な白人の流儀が好きで、ララミー砦の近くに住んでいるだらしないインディアンたちが、しばしばスー族の集落にやって来た。この、砦の周りをうろつくのらくら者たちは、今度の南北戦争のニュースや、遠くワシン【注2】

トンにいる背の高い、エイブラハム・リンカーンという名前の白人の大統領のニュースなどをもたらした。そののらくら者たちはまた、白人たちの奇妙な戦争のやり方についてもいろいろ話したことがあった。

「白人は我々のように馬を手に入れるために戦うのではない。敵を一撃でやっつける勇気ある行為で、自分がいかに勇敢であるかということを示すために戦うのでもない。白人は、ただお互いに殺し合うためだけに戦うのだ」

と1人ののらくら者がクレイジー・ホースにそんなことも話していた。クレイジー・ホースは、ローン・ベアと並んでゆっくりと小走りで馬を進めながら思うのだった。

「僕は、自分たちインディアンに近づかずそっとしておいてくれたら、白人たちがどう戦おうと構わない。そして、その白人たち同士の戦いが、とてもとても年を取った老人の一生よりも長く続いてくれればいいのだが」

クレイジー・ホースがくるりと見回すと、ヒー・ドッグが馬を飛ばして来て、向こうの丘の麓まで競走しようと2人を誘った。一瞬のうちに、若者3人は奇声を上げ、敵を一撃で倒す勇気の証のこん棒で馬を叩きながら、その場を走り去っていた。

ボウズマン街道騒動の後数ヶ月の間、パウダー川の土地での日々は平穏だった。バッファローは多く、敵対する部族との戦いなどで刺激も充分だった。

　クレイジー・ホースは、ティートン・スー族の若い戦
士の中でも、最も勇敢な1人として急速に名を知られる
ようになった。今ではレッド・ストリークに加えて数頭
の馬を持ち、スネーク族との熾烈な戦いで奪った立派な
銃も所有していた。弟リトル・ホークも手伝って自分の
家族を養い、たくさんの貧しいオグララ族の人たちに十
分に肉を提供した。

　寒風で木の枝が折れる音が聞こえるような寒い日、ク
レイジー・ホースと弟リトル・ホークは、それぞれの荷
馬の背に鹿を載せて、狩りから家へ帰っていた。ベルト
で締めたバッファローの衣服にかかる、2人の長い三つ
編みの髪は霜で覆われていた。そして、2人がしゃべり、
笑うと、吐く息が雲のように白くなった。

　丘の頂で馬を回して下方の集落を見下ろした時、突然、
2人の笑いは消えた。普段は、このように寒い日には、
集落は静かで、皆はティーピーの中で火の近くに寄り
添っていた。だが今は、まったく違っていた。男たちは
大きな戦団を作り、女たちはバッファローの衣類や寝具、
食料の入った袋、衣類の束などを荷駄用の馬に積んで
いた。そして、ハンプが会議用テントの近くに立って、
老練の戦士たちのグループと激した様子で話していた。

「何が起こったのですか？」

　クレイジー・ホースはハンプの横で馬を止めながら尋
ねると、ハンプは憎々しげに答えた。

「また、白人だ。武器のこん棒を持って来い。これから、

シャイアンの手助けに南へ行くのだ」

　クレイジー・ホースと弟のリトル・ホークは急いで
ティーピーに戻って中に入ると、母が皮の袋にワスナと
いう長持ちする食べ物を詰め込みながら言った。

「お前たち、道中に必要かもしれないからね。もし、お
前たちが要らないなら、かわいそうな、シャイアンの人

たちにね」

「シャイアンに何が起こったの？」

　リトル・ホークは、凍りついたモカシンを引っ張って脱ぎながら、急いで尋ねた。

「死ななかった者たちは皆、北の方の私たちの土地に逃げて来ているんだよ。1人の伝令が、お前たちが今朝出かけたあとすぐ、その知らせを持って来たの。シャイアン族の皆はプラット川のずっと南のサンド・クリークで集落を作っていたの。そこは、白人たちがシャイアンたちにそこで野営するように言った場所なんだよ。チーフのブラック・ケトル（黒い茶瓶）は、ずっと遠くのデンバーとかいうところまで白人のチーフ（将軍）に、自分たちは平和を望んでいると伝えた上に、狩りに必要な分を除いて、自分たちの武器まで差し出したんだよ。それに——」

　と母が答えていると、クレイジー・ホースは、戦闘用の背赤の鷹や、体に塗る絵具の入った袋を取りに行きながらものすごい剣幕で尋ねた。

「それから、なんだって？」

「朝早くだったそうだよ。シャイアンたちがまだ眠っていて——そして、シヴィントンと言う名の男が白人の兵士とやって来たんだって、それから——」

　と母は言い、背筋をまっすぐに伸ばして頬に涙を流しながら息子たちを見て続けて言った。

「ブルーレの時よりひどかった。もっと、ずっとひど

かった。たくさん、たくさんの人が殺され、頭皮まで剝がされたんだって。女も子どもも、赤ん坊だって、皆。さあ、お前たち応援に行って、そして──」
「白人を殺すんだ！」

　母が言うのをさえぎって、クレイジー・ホースは怒りで黒々と顔色を変え話に割り込んで言った。
「声が大きい。遠く会議用のテントまで聞こえるぞ」

　と、ティーピーの中に入りながら父が言うと、クレイジー・ホースは苦々しく叫んだ。
「僕は、いつか、もっと遠くまで聞こえさせるのだ。これから、これから僕は一生、すべての白人を憎んでやる！」

　自分の武器を集めると、クレイジー・ホースは大股でティーピーから出て行った。しばらくして、戦士の一団が出発してからもまだ怒っていた。

　戦団は、荷物を積んだ馬に老齢の戦士たちを乗せて迅速に進んだ。そうこうするうちに、サンド・クリークの虐殺のニュース[注3]は、燃え広がる山火事のように瞬く間に広がっていった。間もなく、ほかの部族の戦士たちも南へ向けて続いた。ミネコンジョー族、ブルーレ族、それに、ノー・ボウズ（弓を持たぬ者）族、ブラック・フィート（黒い足）族、猛烈なハンクパパ族（ティートン・スーの一部族）にノーザン・シャイアン（北のシャイアン）族たちだ。すべての戦士たちの心には、ただ１つの思い、復讐あるのみだった。

126

【注1】 ボウズマン街道：毛皮商人ボウズマンがモンタナ
　　　　州まで馬をつなぐ為に作った道
【注2】 南北戦争：1861～65年
【注3】 サンド・クリークの虐殺：コロラド州で1864年に起
　　　　こった白人によるシャイアン族の虐殺事件

第12章　戦いの道

　スー族が南へ急いでいた時、シャイアンたちは北へ突き進んでいた。他の部族から数百人ものインディアンが加わっていた。インディアンたちはこのシャイアン族虐殺のあと、もう二度と白人は信用しないと決めていた。今では、ほぼ6000人ものインディアンたちが一緒になって、ティーピーや犬や馬と共にパウダー川の土地へと集まって来ていた。

　負傷者や女や子どもたちがいるため、ゆっくりとしか進めなかったので、シャイアン族がオグララやほかのスー族の戦士たちと出会った時、シャイアンたちはなんと、まだ氷で覆われたプラット川にも至っていないくらいだった。その夜、皆は川の近くの丘で野営した。

　それは、ティーピーに霜の降りる月、1月の澄みきった夜だった。冷たい風が吹いていた。ハンプは会議場から1歩出る時、バッファローの上衣の腰のベルトをきつく締めた。暖かな頭巾を引きよせて、大きな野営の集落の端の方へ大股で歩いた。燃え上がる火の近くで、オグララの戦士たちがハンプを待っていた。

　「私はシャイアンのチーフの1人と話をしてきた。明日我々戦士団が、ジュールスバーグと呼ばれるところにある白人の砦を攻撃している間、集落の者は皆ここに留まる。砦から兵隊をおびき寄せるために7人のおとりが必

要であろう。5人をシャイアンから、2人をスーから出すことになるだろう」

とハンプが言うと、クレイジー・ホースがすぐに声をあげた。

「私がその1人になりたい！」

「ホウ！　お前が1人、私がもう1人となろう。他の者たちは砦から少し離れた砂丘でシャイアンたちと隠れているのだ。我々おとりが兵隊たちを騙して、皆が取り囲んでいる場所まで、我々を追ってくるまでは姿を隠しているのだ。それから——」

とハンプが言った時、ヒー・ドッグがさっと立ち上がって言った。

「それから、白人に死を！」

戦士たちは皆、来るべき攻撃について熱心に話し始めた。クレイジー・ホースだけは、1人黙って座り物思いにふけっていた。以前クロウ族から馬を奪う戦いでおとりをやったが、今度の戦いの戦士団はこれまでのとは違う。生まれて初めて白人の兵士たちとの戦いに出るのだ。そして今、白人たちの頭皮を剥ぎに行こうとしているのだ。クレイジー・ホースが寒空を見上げて白人たちを騙して奴らを待ち伏せるわなを考えていると、ハンプの静かな声が聞こえた。

「皆、寝具を持って来るのだ！　明日、夜明けには出発する！」

そして、空が白み始めた明け方には、戦士団は出発の

129

準備を完了していた。1000人以上もの戦士たちが顔に色を塗っていた。盾や槍やこん棒を持って武装した者たちや、弓と矢で武装した者たちもいた。数人が銃を持っていた。馬に跨ると1列に並んだ。頭に大きな羽根飾りをつけたチーフたちが行進を先導して疾駆した。斥候たちはその先頭に送られた。そして、長い、長い列が、セイジブラシ（ヨモギ）やソープウィード（ユッカ）で覆われた起伏のある丘を越えて、ジュールスバーグに向かって進み始めた。

　クレイジー・ホースは一方の頬に黄色の稲妻の印を塗り、髪には背赤の鷹を付けて、ハンプと並んで馬を進めた。淡い太陽が昇り、ゆっくりと空高く上がっていった。太陽がまだそんなに高くならないうちに、ジュールスバーグから2マイル辺りの砂の丘に身を隠した。そして、おとりたちが砦の近くまで続く峡谷を通って馬に乗って進んだ。

　そうしている間、小さな開拓者の街、ジュールスバーグの人々は、いつものように自分たちの商売で動き回っていた。街の端っこ近くにあるちょうど砦の外側で、何人かの男が薪を割っていた。突然、7人の体に色を塗ったインディアンが谷間から近くまで飛び出して来て、まっすぐに男たち目がけてやって来た。男たちは、恐怖の叫びを上げて砦の中に駆け込み、門を閉めた。

　インディアンたちはまるで悪ふざけでもしているかのように笑った。向きを変えては、砂の丘の方へ戻り発砲

から逃れた。望み通り、砦の中からラッパの音が耳をつんざくように鳴り響いた。門が開いて、60人以上の兵士（騎馬兵）が馬に乗って飛び出して来た。

　クレイジー・ホースともう1人のおとりの男が馬に鞭打ったが、同時に後ろに引いて、兵士たちがもっと自分たちのそばまで迫って来られるようにした。ちょうど兵隊たちがほとんど射程内に近づいた時、インディアンが一斉にほとばしるように飛び出して来た。

　一瞬、兵士たちは追跡を諦めたかに見えた。すると、

突然、クレイジー・ホースが自分の馬を止め、馬が撃たれたふりをして、馬から下りて馬の脚に顔を近づけて前かがみになった。兵士たちは、一気にスピードを上げてまっしぐらに走って来て、銃を水平に構えて一斉にクレイジー・ホース目がけて突進してきた。弾丸が頭の上をヒューッと唸って通り過ぎていった。再びクレイジー・ホースが馬に飛び乗って駆けだすと、兵士たちは追いかけて来た。

　すぐに他のおとりたちは向きを変え、当たろうが当たるまいがかまわず向かってくる兵士たちに矢を飛ばした。それから、時には、恐れをなしたかのように肩越しに振り返り、お互いに警告を与えながら自分たちの方へ誘い込んで疾駆した。そしてだんだんと、白人の兵士たちをインディアンの戦士たちが隠れているところへと誘導した。

　クレイジー・ホースが、兵士たちに矢を放とうと再び後ろ向きになった時、ハンプが叫んだ。

「さあ、もういいだろう。もう、奴ら皆が我々を追いかけて来ている。もうほとんど思い通りの場所まで奴らを引っ張り込んだ」

　クレイジー・ホースは馬を鞭打って意気揚々と叫んだ。

「もう少し追い込めば、1人残らず兵士を殲滅できる！隠れている戦士たちさえ待っていてくれさえすれば——」

　だが言い終わらないうちに、その瞬間、1人のシャイ

アンが丘の後ろから立ち上がり、兵士に向かって古い銃を発砲した。まるでそれが合図だったかのように、20人の待ちきれずにいた若い戦士たちが、隠れていたところから堰を切ったように飛び出した。戦いの奇声をあげ矢を放ちながら、皆は我先にと白人の騎馬隊に向かって走り出した。そして、何百もの他の戦士たちが皆、1人でも多く白人の首を取ることを熱望して後に続いた。

青い軍服の兵士3人が馬から落ちた。残りの兵士はくるりと向きを変えて、インディアンたちが激しく追いかける中を砦に向かって全速力で逃げた。騎馬兵たちが安全に砦の中に逃げ込むまでに、15人の兵士を失った。

忌々しそうに大声でわめき、脅しの叫びを上げながら、何人かの戦士が砦の周りを何度もぐるぐる回った。他の戦士たちは白人を探してジュールスバーグの街の中を走り回った。だが、街の者は皆すでに砦の頑丈な壁の向こうに安全に避難していた。

「白人を殺せないなら、奴らがブルーレやシャイアンの集落をぶち壊したように奴らの集落を破壊してしまえ！　そして、電信線の柱を全部打ち倒してしまえ。兵士の援軍要請ができなくなるからな」

クレイジー・ホースが叫んでそう言うと、あっという間に、クレイジー・ホースと若い勇者の一団が電信線の柱を引き抜いて壊した。他のインディアンたちは街の中の馬を全部駆り集め始め、店や倉庫を壊し始めた。建物の中に押し入り、砂糖や小麦粉やコーヒーの袋、毛布や

衣類の束や反物を何反も持ち出した。

　勝ち誇った兵士たちが戦闘用の若馬に乗って、反物がほどけて自分たちの後ろに鮮やかな色の布が長くひらひらと漂うのを見て、笑いながら平原を突っ切って走った。そして、その後ろをヒー・ドッグとローン・ベアが、鉄の金庫から見つけた20ドル紙幣を風に飛ばせながら馬を走らせ後を追った。

　その時までに、太陽は空の真ん中あたりに来ていた。戻っていく長いインディアンの列が、ジュールスバーグの町から丘を越えて移動していた。そして、燃やしたい

くつかの建物から煙が高く立ち昇っていた。

　その夜、スー族の何人かは野営の火を囲んで座って、やっつけた敵や奪った馬のことを自慢し合っていた。倉庫から奪ってきたとても小さな軍服を怪訝そうに見ながらヒー・ドッグが言った。

「良い戦士団だった。そう思わないかい、クレイジー・ホース？」

「戦っていた時はそう思った。だが、たった18人しか殺せなかったんだぞ、ヒー・ドッグ。皆が命令に従っていたら、全員だって殺せたんだ！　我々は決して白人を打ち負かすことはできない。皆が1つになって、皆にとって良いことのために戦わない限り──絶対に白人には勝てない！」

　クレイジー・ホースは、最初は控えめに冷静に答えていたが、だんだん声が大きくなり、最後には大声で叫び出していた。そして、突然言うのを止めた。皆が、全員、自分の言葉を聞いているのに気が付いたのだ。そして、未だに多くの人前で話すことは、クレイジー・ホースを気まずくさせるのだった。それで、その夜はもう、インディアンの戦いのやり方について、それ以上は何も言い合わなかった。

　それから7ヶ月近くたったある日、クレイジー・ホースはまたそのことを口にした。6000ものインディアンたちが南からパウダー川の土地に安全に到着していた。ララミー砦から多くののらくら者たち、それにインディア

ンの女性と結婚した男たちまでも、それに加わっていた。プラット川近くの土地を通って移動する時、多くの小さな戦士団が、小屋や農場の家々を焼き払い、駅馬車や幌馬車を襲って頭皮を剥ぎ取ったりしながら、急いで白人たちを片付けてきていた。だが、ジュールスバーグでの戦い以来、大きな戦士団は送られてはいなかった。

　それは、サクランボが熟する月の７月だった。1000人もの戦士たちがパウダー川の土地から、プラット・ブリッジの頑強な砦を攻めるために南へやって来ていた。再び、クレイジー・ホースがおとりの１人を務めた。他の３人と砦近くに馬を進めていた。知っているあらゆる罠を使って、勇敢なおとりは、兵士たちを砦からインディアンの戦士たちが待ち伏せしている丘の間近まで騙しておびき寄せた。すると、ちょうどその時、ジュールスバーグの時のように、数人の若い戦士が自分勝手に乱暴に発砲しながら飛び出した。兵士たちはすぐに向きを変えて、素早く砦に逃げ戻った。１人の兵士も殺せなかった。

　クレイジー・ホースは烈火のごとく怒った。そして、後で戦士のグループが丘の上に集合した時、大声で怒鳴って言った。
「お前たち、赤ん坊か？　お前たちは、なぜ攻撃の合図まで待てないのか？　お前たちは、自分が手柄を立てたいために、リーダーの命令に従わず、我々の待ち伏せ作戦を台なしにしているのだ。我々は自分の利益のために

戦うのでなく、皆のために戦うようになるまでは、絶対
に白人を打ち負かすことはできない。絶対できない！」

　クレイジー・ホースは誰かが自分の横にやって来たの
で振り向いた。それは、偉大なるチーフのマン・アフレ
イドだった。その顔は威厳に満ちていた。そして響き渡
る声で言った。

「我がホーリー・マンの勇敢なる息子、クレイジー・
ホースは賢くも言い当てた。一晩寝たあと、我々は再び
プラット・ブリッジの砦を、おとりを使って攻め、白人
の兵士たちを殺しに行く。我々は橋の近くの藪に隠れる。
シャイアンたちは丘に身を隠す。そして、お前たち若い
戦士たちは、攻撃の合図を待っている間、クレイジー・
ホースの言葉を肝に銘じておくのだ。忘れるな」

「ホウ！」

　とローン・ベア、リトル・ホーク、そして多くの者た
ちが、悪かったと反省して自分たちを恥じながら賛成し
た。しかし、戦士たちの何人かはブツブツと不満げにつ
ぶやきながら出て行った。我々が一斉に急激に飛び出し
て一撃で殺さないなら、どうして戦いに栄光があるだろ
うか？　と。

　次の朝、おとりたちは砦に向かって馬を向けた。おと
りたちは騎兵の一群を敗走させようと突撃のふりをして、
いったん飛び出したが一瞬ひるんだように見せかけた。
すると、すぐに、砦の門が開き兵士たちが飛び出して来
た。クレイジー・ホースは向きを変えて逃げながら、

スー族たちが隠れている藪をはらはらして一瞥した。兵士たちに飛びかかれる距離まで、戦士たちが待ってくれるだろうか？　どうだろう？　——やった！　待っていてくれたのだ！

　その夜は、戦士たちが野営の火を囲んで勝利のダンスを踊って廻る間、戦いの太鼓が鳴り響いた。そして、次の日皆が北に向かって出発する時は、奪った銃、弾薬、馬、ラバ、そのほかたくさんの白人の頭皮を手にしていた。

　若いクレイジー・ホースは、ヒー・ドッグと並んで馬を進めながら誇らしげに言い合った。

「やっと、我々は心を１つにして協力して戦うことを学んだのだ。だから、シャイアン族の復讐が成し遂げられたのだ」

第13章　シャツ・ウエアラー

　草が萌え始める月、4月の美しい日だった。空は澄み
きって、太陽は暖かだった。しかし、良い天気にもかか
わらず、集落の年を取ったクライヤーには関節に痛みが
あった。そのクライヤーはゆっくりと歩きながらオグラ
ラの集落の中を叫んで触れ回っていた。
「クー！　クー！　さあ、皆出て来い。今日はビッグ・
ベリー（大きなベリー）が4人のシャツ・ウエアラー
（シャツ着用者）の名前を発表する日だぞ。今日は老
チーフたちが4人の勇敢な若者をリーダーに指名する日
だぞ。クー！　クー！　出て来い」
　すぐに、皆が自分たちのティーピーの前に集まり始め
た。誰もが、チーフたちの助手に選ばれるのは誰か知り
たくてたまらないからだ。
「兄さんも選ばれるよ、さあ、見てろよ！」
　弟のリトル・ホークが兄のクレイジー・ホースに言う
と、クレイジー・ホースは頭を振って言った。
「いいや、ダメだよ。チーフたちは自分たちの息子を選
ぶさ。それに、俺はそれに値しないよ――」
「見ろ！　名前を告げる者たちがこっちにやって来る
よ」
　リトル・ホークは割り込んで言った。
　輝かしく鮮やかに色を塗った上衣をまとって、2人の

男がゆっくりと集落を馬に乗って回り始めた。2人が自分の方に近づいて来て、若い戦士クレイジー・ホースの心臓がドキドキと荒く高鳴った。たった今ダメだと言ったものの、選ばれるかもしれないというかすかな望みを持っていたのだ。しかし、馬上の2人はクレイジー・ホースの前を通り過ぎて、マン・アフレイド・ヤングの前で止まった。チーフ、マン・アフレイドの息子が前に出ると、女たちが上品に声を震わせて歌い祝福した。

　次に、名前を告げる2人がもうひと回りして、良きチーフ、ブレイブ・ベア（勇敢な熊）の息子の前に来た時、女たちは再び震え声で歌った。さらにもう一度回って、チーフ、シティング・ベアの息子が前に進み出た。それから、2人は最後の1回りを始めた。

「さあ、いよいよ今度はあの高齢のチーフ、ビッグ・ベリーの息子、チーフ、バッド・フェイス（悪い顔）を選ぶだろう」

　とクレイジー・ホースは思った。しかし、次の瞬間、息をのんだ。告げる2人はクレイジー・ホースの前に止まったではないか！

　だが、クレイジー・ホースが前へ進み出た時、女たちの震え声の上品な歌はなかった。なぜなら、クレイジー・ホースはチーフの息子であるから選ばれたのでなく、賢く勇敢であるがゆえに選ばれたのだからだ。集落の人々は喜び叫んだ。

「クレイジー・ホース！　クレイジー・ホース！　クレ

イジー・ホース！」

　それから、4人の若者は立派な馬に跨り、会議用のテントへと導かれて行った。そこで、ビッグ・ベリーが4人を喜んで出迎え、そして、1人ひとりにビーズを縫い込んで刺繡したシャツが与えられた。それぞれのシャツの上には、それを着ることになる者がこれまでになした勇敢な功績の絵が描かれていた。

　「私の息子のシャツの上には、他の誰よりもたくさんの

絵が描いてあるよ」

　クレイジー・ホースの母が父親に誇らしくささやいた。
ホーリー・マンの父はうなずいたが返事は返さなかった。
ちょうどその時、非常に高齢のチーフ、ビッグ・ベリー
が、4人の若者たちに向かって話し始めていたからであ
る。

　老チーフは、細い、高い声で言った。
「我が息子たちよ、お前たちは我がオグララの民を率い
て我々を助けるために選ばれたのだ。お前たちは野営の
集落での生活でも、狩りの時も、そして、戦いの時も、
皆を指導し率いて行くのだ。貧しい人々や困っている者
たちの面倒を見て、よく世話してやるのだ。寛大で優し
く、賢く、そして堅実で意志強固であるのだ。敵には
強く勇敢に立ち向かうのだ。さあ、お前たちは今こそ
シャツ・ウエアラー、シャツを着用する者となったの
だ！」

　チーフが言い終わった時、群衆から大きな歓声と喝采
が起こった。クレイジー・ホースは、あまりに多くの
人々が皆自分を見ているので、どちらに目を向けたらよ
いのか分からなかった。しかし、クレイジー・ホースは、
自分が大人の名前を勝ち得た日以来、これ以上の嬉しく
幸せな日はなかった。

　その夜遅く大宴会や踊りが終わると、クレイジー・
ホースは小さな丘の上に1人で歩いて行った。そこで、
星を見上げ、自分が真に偉大なリーダーになれるように

ワカン・タンカに助けを請い、祈った。

　クレイジー・ホースが真に立派な勇敢なリーダーであることを証明する機会が訪れたのは、それから間もなくしてからだった。再び、ボウズマン街道でのいさかいだった。ボウズマン街道が、金鉱が発見されたモンタナの領土（統治地域）へ行くのに最も近い北のルートであり、そのルートを白人たちが使おうと決めたからだった。しかし、そこを通ろうとした者たちは、インディアンの小さな戦士団に攻撃されたり追い返されたりした。

　そこで、とうとう、合衆国政府はそのボウズマン街道を買い取ろうとした。使者たちがスー族の何人かのチーフたちの元に送られ、そのことを話し合うためにララミー砦に来てくれるなら、たくさんの贈り物を送ると申し出たのだ。マン・アフレイドとレッド・クラウドの2人が会いに行った。そして2人が戻って来たのは、月が太っていく（大きくなっていく）6月だった。その夜、オグララたちは2人の報告を聞くために皆、会議用テントに聴衆となって集まっていた。マン・アフレイドが最初に口を開いた。

「我々は約束した。我々がボウズマン街道を売れば、ワシントンにいる新しい白人の最高権威者（リンカーン大統領）から、幌馬車に積んだ贈り物を受け取ることになる」

　すると、レッド・クラウドが大声で言った。

「しかし、そんな言葉はペテンだ、信用ならない。すで

に、白人の長（大統領）はボウズマン街道を盗み取るために軍隊を送っているのだ。我々がまだ白人たちと話し合いをしているというのに、軍隊がそっちへ行進しているのを見たのだ。それから、後でのらくら者たちの１人から聞いたのだが、パイニー・クリークがプラット川に流れ込むところに砦を建てるために、兵士たちがボウズマン街道を登って来ているというのだ」

「我々は、その砦を造り始める前に止めさせねばならない！」

　クレイジー・ホースも飛び上がってこう叫ぶと、マン・アフレイドは頭を振った。もう、老齢で疲れ、気力を失っていた。そして、ゆっくりと言った。

「だめだ。もう今の我々には大きな戦士団を送る力はない。今は、皆のために食べ物を確保し、夏のサン・ダン[注1]スをやる時なのだ。そうではないかね、レッド・クラウド」

「ホウ！」

　なんと、レッド・クラウドはあっさり同意してしまったではないか！

　クレイジー・ホースは怒りと失望を隠そうとしたが、心の中で、この男たちは偉大なリーダーかも知れないが、間違った時に目をつぶっている。今こそ何かしなければならないと思った。

　話し合いが終わると、クレイジー・ホースは若い戦士たちを自分の周りに集め、皆を連れてパイニー・クリー

144

クに下りて行くと告げた。
「我々は本格的な攻撃はできない、数が足りないからだ。
だが、我々は奴らに二度と我々の土地には来たくないと
思わせることはできる」

　それは、パイニー・クリークで砦建設に当たっている
白人の兵士たちが、来る日も来る日もインディアンの小
さな集団によって悩まされるということだった。砦から
わずか数マイル離れた森で木を倒している木こりたちが
しばしば襲われた。水を汲みに砦を離れた青い軍服の兵

士たちが時々二度と戻って来られなかった。馬や牛が消えた。歩哨の兵士たちが待ち伏せを食らって撃たれた。だが、兵士たちは勇敢にも役目を果たし続けた。10月には白人は砦建設を完成し、カーニー砦と名づけた。

　その時までに、多くの戦士がクレイジー・ホースの戦士団に加わるために、ブラック・ヒルズにあるオグララの野営地から下ってやって来た。そして、ついに、レッド・クラウドがすべてのスー族とシャイアン族の集落からパイニー・クリークに集結するよう、戦う男たちに呼びかけるウォー・パイプを送った。

【注1】サン・ダンス：太陽崇拝の踊りで宗教的行事

第14章　カーニー砦の戦い

　寒風で木の枝がポキポキ折れる音が聞こえるような非常に寒い月、12月。インディアンたちはカーニー砦の兵士たちへの大攻撃準備をした。ハンプとクレイジー・ホースは一緒に注意深く戦略を練っていた。攻撃の前の晩に、ハンプはスー族の戦士たちに強い言葉で言った。

「我々は白人の兵士たちが持っているような遠くまで届く銃を持っていない。銃の弾丸も少ない。だから、我々は兵士たちをおとりで騙し、砦からおびき寄せねばならない。プラット・ブリッジでやったようにな。おとりを率いる男は、最も危険なことをなさねばならぬ。その役目を、若く勇敢なシャツ・ウエアラーのクレイジー・ホースにやってもらうのだ」

　戦士たちから、「いいぞ、いいぞ」という声が騒々しく上がり、クレイジー・ホースが前に進み出て皆に話した。

「皆は、白人のチーフ、フェッターマンのことは知っているだろう。彼は、我々が弱いなどと大きなことを言っている男だ。自分に80名の兵を用意してくれればスー族の国を一掃してやる、などと言っている。明日、彼がどこまでやれるか、我々の力を見せつけてやるのだ！」

「ホウ！」「ホウ！」

　と戦士たちがあちこちから叫び声を上げると、クレイ

ジー・ホースが急いで続けて言った。

「これが我々の計画だ。明日、シャイアンの戦士団が、木こりたちが森で仕事を始める時に奴らを襲う。すると、木こりたちは助けを求めて合図する、5発だ。兵士軍が救助のために砦から出て来るのを、我々おとりたちは待っている。我々は青い軍服団を、ロッジ・トレイル丘陵を越えて北へと誘導して引き込む。戦士たちは、反対側の尾根や丘の後ろや谷の下に隠れておくのだ。もし、皆が、私が毛布を頭上で振って攻撃の合図を送るまで待てば、敵兵全員を罠にかけることができる。もし、待てなかったら──」

「待つぞ、待つぞ！」

「ホウ！　ホウ！」

戦士たちは叫び、他の者たちも叫んだ。

次の朝明るくなる前に、大きな戦士団が氷で覆われたパイニー川に沿って下って行った。砦を見下ろせるところで、多くのシャイアンたちは森の方へ曲がった。程なくして、おとりを除いて、長い列をなしたすべての戦士たちも丘の稜線の北側にうまく隠れた。それから、10人の乗馬したおとりが、姿を見られないように用心しながら雑木林を抜けて砦に近づいた。間もなく、皆が隠れている場所から、木こりたちが森へ向かって馬で砦を離れるのが見えた。

夜のうちに雪が降っていた。もう、空は澄みきっていたが、風は刺すように冷たかった。クレイジー・ホース

は、分厚い毛布を両肩に回して引き寄せ、馬の鞍に座り直した。長い間、身動きせずに馬の背に跨り、この日にやるべき戦いのことを考えて、木こりたちへの攻撃を知らせる合図をじっと待った。

　突然、森から、「いいぞ、かかれ！」という5発の合図が来た。一瞬の後、けたたましいラッパの音が砦から響くと、クレイジー・ホースは他のおとりたちに静かに言った。

「さあ、来い。今だ！」

　砦の門が開いた。ちょうど兵士たちが馬で飛び出した時、おとりたちが姿を現した。躍起になって叫びながら、何人かの兵士がインディアンを狙って銃を向けた。率いていたフェッターマンは大声で命令していた。おとりの周りの凍りついた地面が弾丸で飛び散った。しかし、おとりのインディアンたちの誰にも当たらなかった。インディアンたちは恐れをなして逃げるように、ロッジ・トレイルの丘の方へ全速力で馬を飛ばした。クレイジー・ホースが最後尾を走って背後を守った。

　兵士たちは銃を発砲しながらインディアンを追った。丘の頂の近くで、クレイジー・ホースは振り返った。数えられない位に多くの兵士たちがいたが、フェッターマンは、なお80人以上の兵を持っているに違いないと思われた！

　兵士たちが丘の麓まで来るより前に、フェッターマンは馬を止めて兵士たちに鋭く注意喚起した。兵士たちも

止まった。クレイジー・ホースは仰天して目を見張った。奴らはもう、こんなに早く引き返すのか？　フェッターマンは自分たちが騙されたのかも知れないと思ったのか？　それとも、たったこれくらいの少数のインディアンなら追いかける価値はないと思ったのか？

「驕れる男のプライドはたやすく傷つく。もし奴が怒ってカッとなれば理性を失う。さあ、今が毛布作戦の時だ」

　と、クレイジー・ホースは独り言を言い、2人のおとりに向かって叫んだ。

「ヒー・ドッグ！　ローン・ベア！　毛布だ！　今だ！」

　鞍に畳んで掛けてあった毛布をひったくると、2人のおとりは、すでに兵士たちに突撃していたクレイジー・ホースの後に続いて丘を一気に駆け下りた。「ワァー、ワァー」と大声で荒々しく叫びながら、3人のオグララ戦士が毛布を振り回して兵士たちの馬をおびえさせ、白人の兵士たちを怒らせた。

　フェッターマンは、大声で自分の兵士たちにインディアンたちを制圧するように号令した。青い軍服の兵士たちがおとりたちに向かって走り出すと、インディアンたちは馬を反対に向けて、高い岩だらけの丘へと登って逃げた。兵士たちも丘を登り、頂上まで追い続けて来た。

　クレイジー・ホースの心臓はいよいよ高鳴り、自分の戦闘馬の蹄の音のように高く強く鼓動した。前へ後ろへと走って、白人の兵士に叫びかけながら、兵士の最後の

　1人が罠の中に入ってくる瞬間を待った。それから、突然クレイジー・ホースは自分の毛布を頭の上でぐるぐると旋回させた。クレイジー・ホースの声が鳴り響いた。

「ホカ・ヘイ！　ホッポー！　さあ、行くぞ！」

　一瞬の後には、辺りはインディアンの叫び声と矢を射る音が激しく飛び交っていた。兵士たちは向きを変えると、戦いながらインディアンのいる丘の方へ登り始めた。

　一面、ひっきりなしの弾丸や弓矢が飛び交った。馬は苦痛や恐怖でいななき、叫んだ。男たちは唸り声を上げた。戦士たちは強烈な戦いのキーキー声を上げた。ライフル銃がパーン、パーンと弾けた。血で赤く染まった雪の上

に、硝煙が分厚く濁って漂った。

　クレイジー・ホースは、背赤の鷹を頭に着け、同時にあちらこちらへと、まるでどこへでも現れるように見えた。戦い方を指示し、他の戦士たちを激励し、白人の戦士たちを戦闘用のこん棒で叩きのめした。そして、とうとう最後には、死にそうな青い軍服の戦士の手から奪った新しいライフル銃が火を噴いた。戦いは厳しく苦いものだった。戦闘が終わった時には、12人のインディアンが殺され、フェッターマン自身と彼の従軍兵士たち全員が死んで横たわっていた。

　クレイジー・ホースは自分が立派なリーダーであることを証明した。しかも、さらにまだ砦に残っている兵士たちを襲うことを考えていた。しかしながら、インディアンたちが負傷者を集落に運んで戻る間、ブリザード（大吹雪）がヒューヒューと唸って吹き降りてきた。その冬はもうこれ以上の戦いはできなかった。3ヶ月の間、パウダー川の土地は雪深く埋もれていた。

　しかしながら、暖かな季節がやってくると共に、戦いはまた始まった。クレイジー・ホース、ハンプ、そしてシティング・ブルの皆が、敵に立ち向かう多くの戦士団を率いて来た。白人たちの農場は焼かれ、幌馬車は襲われ馬や牛は盗まれた。ボウズマン街道やプラット川近くの白人の道で、安泰な白人はほとんどいなかった。

　ついに、7月のある日、ララミー砦から1人のらくら者がタング川のオグララ野営地に馬を乗り入れて来た。

急襲から帰ってきたばかりのクレイジー・ホースは、どんな知らせを持ってきたのかと会議用テントに急いだ。皆はすでに集まっていて、のらくら者が話しだした。

「白人たちが皆への贈り物をたくさん持って来た。毛布、ナイフ、斧、やかん、たばこ——それに、銃や弾丸まで。皆が白人との戦いを止めて、チーフたちが平和文書（協定書）にサイン（署名）すれば、全部が皆の物になるのだ」

クレイジー・ホースは怒り叫んで言った。

「白人たちに言うのだ。我々は、贈り物などは要らない！　白人たちに言うのだ、我々は白人たちが我々の土地から出ていき、近寄らなくなるまで絶対に白人に平和は与えない、と。そして、カーニー砦の兵隊全員がそこを出てララミー砦に戻るまでは、我々は平和について話し合うことすらしないと伝えるのだ」

「ホウイ！　ホウ！　ホウイ！」

皆は、自分たちの中にクレイジー・ホースのような強いリーダーがいることを誇らしく感じて叫んだ。

そののらくら者はクレイジー・ホースの伝言を持って戻って行った。すると、すぐにもう1人の使いが砦に到着した。その使いの者は、パウダー川のちょうど北にあるイエローストーン川で、自分の部族の皆と野営し集落をつくっていたシティング・ブルに会って来たのだ。その勇敢なリーダーもまた、軍隊がパウダー川を去るまでは平和について話し合いに応じないと返事して来た。そ

ういうことだったので、合衆国政府はとうとうカー
ニー砦を諦めることにした。
　暑い8月のある朝、クレイジー・ホース、ハンプ、
レッド・クラウド、そして何百もの他のインディアンた
ちは、青い軍服の兵士たちが砦から縞模様の旗（星条
旗）を引き下ろすのを馬上から誇らしげに見つめた。そ
れから、兵士たちは長い列を作って、カーニー砦を出て
ゆっくりとボウズマン街道を南へ下って行った。
　インディアンたちは偉大な勝利を勝ち得た。やっと、

白人たちを自分たちの土地から追い払ったのだ。喜びの叫び声をあげながら、憎い砦とその高い防御柵に火をつけた。太陽が沈んだころまでに、カーニー砦は灰と煙の他跡形もなくなった。

　インディアンたちが白人との協定を司るチーフを立てねばならないと決めたのは、それから程なくしてからだった。レッド・クラウドは堂々と物を言う男なので、皆は彼を白人たちと交渉する人物に選び、平和協定書に彼にサインさせるためにララミー砦に行かせた。戻ってきた時、白人はパウダー川の土地を永久に手放すことに同意したと、レッド・クラウドはインディアンたちに伝えた。

「白人たちは、草が生え、水が流れる限りこの土地は我々のものであると約束した」

　この土地は常に我々のものだったのだ。だが、これは良い約束だ。ただ、白人がいつまでその約束を守るだろうかとクレイジー・ホースは思った。

　白人はその約束を6年守った！　それから、ブラック・ヒルズ（黒い丘）で金が発見された。つるはしやスコップと共に荷駄用の馬を引き連れて、鉱夫たちがパウダー川の土地に蜂の群れのように押し寄せ、騒音でバッファローを脅かした。兵士たちが鉱夫たちを護衛してやって来た。そして、白人の大統領が白人のためにブラック・ヒルズを買収したいと言ってきた。クレイジー・ホース、シティング・ブル、そして他の強いリー

ダーたちは、あの良きワカン・タンカが自分たちに与えてくださった土地を売ることを拒絶した。だが、充分に良い値段を得ることができればあの丘を売るという2人のリーダーがいた。1人がレッド・クラウドで、もう1人がスポッテド・テイルだった。

　クレイジー・ホースの理解できないことが何か、この2人のチーフに起こっていた。かつては、2人は共に勇敢な戦士だった。しかし、平和協定が調印されるとすぐに、2人は白人の最高権威者（大統領）に会うためにワシントンに招待されていた。

　土産物の荷を積んで戻ってきた時、2人は、大統領のいるワシントンで、空の星の数よりたくさんの白人を見たと報告した。それから2人は、ララミー砦からそう遠くないところにおのおの保留地が与えられたと発表した。だから、これからは、2人は多くの自分に従う者たちとこの保留地で暮らすことになっていた。

　クレイジー・ホースは、この2人のチーフたちと一緒に出て行く者たちに嫌悪と軽蔑を感じ、蔑むように嘲笑した。

　「2人の心は白人たちに恐れをなして水になってしまったのだ。2人はもう、白人の食べ物で太ってぐにゃぐにゃになった怠惰なのらくら者と同じようなものだ」

　ある雪の降る夕暮れのことだった。クレイジー・ホースが激しい戦いで鉱夫たちから奪った積荷用の馬の綱を引いて、自分の馬に乗って家へ帰っていた時だった。ク

レイジー・ホースはすでに結婚していたので、早く家へ帰り着きたくてたまらなかった。帰れば、若い妻のブラック・ショールが火を赤々と燃やし、大きな鉄の鍋には、バッファローのシチューをぶくぶく煮え立たせて待っていることは分かっていた。

　引き綱をぐいと引っ張って、集落へと急いだ。しかし、家へ着くほんの少し前に、ヒー・ドッグとリトル・ビッグ・マンがやってきた。ヒー・ドッグが馬を止めながら言った。

「俺たち、ずいぶん長いことお前を待ってたんだ。のらくら者がララミー砦から伝言を持って来ているんだ。クレイジー・ホース、これは悪い知らせだ。白人たちは我々がまだブラック・ヒルズを売ろうとしないので非常に怒っている。そこで、もう奴らは、パウダー川のインディアンは全員、次の月が太る（満ちる）満月前までに、保留地に移動しなければならないと言うんだ」

「で、移動を拒絶したら？　どうだって言うんだ？」

　クレイジー・ホースは静かな声で尋ねると、リトル・ビッグ・マンが言った。

「そうしたら、白人の大統領は我々に大軍を送ってくるだろう。お前だったら何と答える？　クレイジー・ホース、お前だったら、どうする？」

「我々の土地に留まる。我々はシティング・ブルと力を合わせるのだ。そして、兵隊がやって来たら、共に立ち向かう準備をするのだ。白人が戦いを望むならば、友よ、

それを受けて立とう。そして、今度こそ、最後まで戦うのだ」

　クレイジー・ホースは断固として答えた。

第15章　新しい戦闘チーフ

　ローズバッド（バラのつぼみ）の谷から吹いてくるそよ風は、春の花の香りに満ちていた。川のそばでは、子どもたちが遊び、叫んで騒いでいた。しかし、大きな会議用テントの中はたくさんの人で満ちていたが、ほとんど静まり返っていた。クレイジー・ホースの母親は、隣の女の袖を引っ張ってささやきかけた。

「私の目は、もう年でよく見えないのだよ、ブラック・ショール。私の息子の隣で会議場の真ん中にいるのは誰？」

　ブラック・ショールはクレイジー・ホースの周りに半円に座っているチーフたちを見極めた。

「シティング・ブル、そして、シャイアンのトゥー・ムーンズ（2つの月）、それから、ミネコンジョー族のタッチ・ザ・クラウド、次が──」

　と小声で言うと、ブラック・ショールの近くに立っていた女がたしなめた。

「シーッ！　オグララのビッグ・ロード（大きな道）が話そうと立ち上がっているのだから」

　すぐに、ビッグ・ロードの声が会議用テントに響き渡った。テントの外にいた群衆にさえ、1語1語はっきり聞き取れた。

「友よ、白人たちが我々に軍隊を送ると大声で言ってか

159

ら、もう4つの月以上が経った。今ついに、兵隊たちがこちらへやって来た。だから、我々は厳しい戦いに備えねばならない。我々は、我々を率いてくれる強いチーフを必要としている。今日、我々オグララはそのようなチーフを選んだ。多くの敵に立ち向かう戦士たちを導いてくれる勇敢な男を選んだのだ。皆の良き父親ともなるべき、思慮深く、寛大で優しい男だ。生きている限り、その一生の間、我々のチーフである偉大なる男、その名は、クレイジー・ホースだ！」

「クレイジー・ホース！　クレイジー・ホース！」

　皆が喜び、その名を呼んで喝采の声を上げた。ブラック・ショールは誇らしさを抑えることができなかった。瞳を輝かせて夫を見つめた。夫のクレイジー・ホースは手渡された長い羽根の付いたパイプを受け取り、厳粛に吹かしていた。そして次に、群衆に高く担がれ、テントの外に運び出された。そこで、軽やかに跳ねる戦闘用の大きな白い馬に跨った。最後に、クレイジー・ホースは、大きな野営の集落の周りをゆっくりと馬に乗って回ると、他のチーフたちと喜び喝采する人々がその後に続いたのだった。

　クレイジー・ホースはウォー・チーフになることができて誇らしく思ったが、同時にまた心配でもあった。責任は重かった。オグララ、ミネコンジョー、ノー・ボウズ、そして、シャイアンなどの何百人もの各部族の者たちが、白人と戦うために団結していた。そして、戦士

160

たちは皆、その指導力、統率力に期待を込めてクレイ
ジー・ホースを見ていた。

　その夜、新しいチーフ選出の儀式が終わると、クレイ
ジー・ホースは1人で丘の頂に行った。空に向かって両
手を上げ、人々を率いて皆を守ることができるように、
ワカン・タンカに助けを求め、祈った。

　そうしている間にも、オグララの使者たちは、スポッ
テド・テイルとレッド・クラウドの保留地のある南へ
と急ぎ伝えた。

「我々は自分たちの土地を守るために大きな戦いをしな
ければならない。クレイジー・ホースが今我々の
ウォー・チーフだ。彼が我々を率いている。援軍を頼
む」

　この知らせを聞いて、多くの戦士が武器を集め、妻た
ちに出かける準備をするように言った。また、いくつか

の家族は夜のうちに保留地からこっそり逃げ出した。昼間から堂々と去っていく者たちもあった。そして、皆はローズバッド川の大野営地に向けて北へ進んだ。

　保留地のインディアンの1人に、クレイジー・ホースの従兄、ブラック・エルク（黒い大鹿）という足の悪い高齢の戦士がいた。ブラック・エルクはオグララの集落に到着するとすぐ、ウォー・チーフ、クレイジー・ホースの家を訪れた。

「わしは、お前はもっと大きく立派に飾られた、偉大なウォー・チーフにふさわしいティーピーに暮らしていると思った」

　とブラック・エルクが言うと、クレイジー・ホースは笑いながら言った。

「私は派手で目立つものは好きではないのです。従兄のブラック・エルク、さあ、お座りください。妻のブラック・ショールが食事を準備する間、こちら北への移動途中どんな情報を得たか話してくれませんか？」

　ブラック・エルクは疲労のため息をつき、体を地面に低く下げると、今度は気持ちよさそうに背中を休ませる台に体を伸ばして言った。

「分かったことの1つは、これだ。白人の将軍クルックがグース・クリークで野営している。彼は蟻山の蟻よりも多くの兵士を持っている。そして、クロウ族を賄賂で自分のために斥候や戦いに使っている」

「それは新しい情報ではない。私自身、クルックの野営

地を偵察したのだ、そして、彼の兵士とインディアンの斥候を見た。他のことを教えてください」

とクレイジー・ホースが微笑んで言うと、ブラック・エルクは答えた。

「白人たちがカスターと呼んでいるロング・ヘアー（長い髪）のチーフ（将軍）が、もっとたくさんの兵士を連れて東からやって来ている」

「それも知っている。奴らは皆強固に武装している。しかし、我々も十分に立ち向かう用意はある」

クレイジー・ホースは頷いてそう言うと、手を伸ばして、ブラック・ショールから受け取ったシチューのいっぱい入った大きな角のスプーンを従兄のブラック・エルクに手渡した。年老いた男が食べている時2人は、狩りに行って白人たちに殺された、クレイジー・ホースの弟リトル・ホークのことを悲しそうに話した。そして、ハンプのことを。ハンプはスネーク族との戦いに敗れ、とうとう彼の妻が集落の端に建てた自分のティーピーに退いたのだった。

ブラック・エルクの来訪から間もなく、この大きな野営地のインディアンたちは皆アッシ・クリークに向けて西へ移動した。なぜなら、斥候たちが近くにバッファローの小さな群れを見つけたと報告したからだった。部族の皆があちこちから集まって揃うといつもそうしていたように、間もなく、皆で肉を用意して宴会を楽しもうとしていたのだ。

ただ、リーダーたちだけは皆を脅かしている危険性を考えていたようだった。クレイジー・ホースとシティング・ブルは2人とも昼も夜も斥候を出し、丘や谷などあらゆる方面を歩き回って、敵の気配や手掛かりを探していた。

　月が太ると呼ばれている6月のある暖かな夕方、クレイジー・ホースはティーピーの外に立って、年老いた父親と話していたが、突然話を止めて耳を澄ました。遠くでオオカミの吠え声が聞こえたように思った。そうだ、それはまた聞こえ、今度はより近くなった。斥候の1人が馬で駆け込んできて危険を知らせた。

　すぐに、クレイジー・ホースはティーピーの近くにつないであった馬の縄を解いて乗り、その斥候に会いに行った。2人が戻って来ると、ウォー・チーフのクレイジー・ホースは野営している全集落に使いを走らせ、すぐに会議用テントに集まるように告げさせた。間もなく、大きな会議場は人で埋まり、興奮した男、女、子どもたちで囲まれた。ちらちら燃える火に照らし出された中央に、チーフたちが、斥候の話を聞くために円を作って座った。

　「兵士たちが来ている、それも、たくさんだ！　クルック将軍と共に、グース・クリークからやって来ている。ローズバッドの街は兵士たちで真っ黒だ！」

　斥候が大声で報告すると、大勢が震え上がって群衆の中にざわめきが走った。

164

「ローズバッドだって！」

　ローズバッド川はここから一晩もかからず行ける距離だった。2人の女が泣き出し、他の皆も慌て恐れ、興奮してガヤガヤしゃべりだした。その時、クレイジー・ホースが立ち上がって大声で呼びかけた。

「友よ、皆、今はばかげた泣き言を言っている場合ではない。作戦を立てるのだ」

　クレイジー・ホースが話を中断すると、群衆は、次にどんなことを言うのか聞こうと静かになった。それから話を続けた。

「年を取ったチーフや戦士たちは、女、子どもや弱き者たちを守ってここに残るのだ。それから、大戦士団はローズバッドの白人兵士たちと戦うために、直ちにここを出発する。私がその戦士団を率いる。真に勇敢だと自負する者は皆私に続くのだ」

「ホウイ！　ホウ！　ホウ！」と戦士たちは叫んだ。

　クレイジー・ホースは手を挙げて皆を黙らせてから言った。

「ホウイ！と叫ぶ前によく考えるのだ。白人たちはとても、とても強い。だから、ここにいる何人かにとっては新しい初めての戦い方になるだろう。ただ、自分が自分を自慢するために敵を倒すのではなく、後々、勇敢な行いが、集落の火の周りで語り継がれるような戦いでなければならない。それは全員が力を合わせてやる戦いだ。我々は敵を殺すために戦わねばならない！　我々は、自分たちの土地で平和に暮らせるように最後まで戦わねばならない」

「ホウ！　ホウイ！」

　再び戦士たちが叫び、クレイジー・ホースは戦士団に号令をかけた。

「では、行くぞ！」

第16章　大勝利

　話し合いは解散となり、戦士たちはそれぞれの武器を取りに散って行った。クレイジー・ホースが自分のティーピーに戻ると、ブラック・ショールは、夫の戦闘用の2頭の馬と、夫が戦場で身につける物を入れた房の付いた袋を準備して待っていた。一瞬、クレイジー・ホースはブラック・ショールを引き寄せきつく抱きしめた。そして、出て行った。

　男たちが集落から出て暗い夜の中、馬を進めて行くと太鼓が鳴り響き、女たちは「強い心の歌」を歌った。戦士たちが馬を休ませ、ワスナで少し腹ごしらえするためにローズバッドの近くで休憩を取ったのは、日の出のころだった。

　クレイジー・ホースは、川の両側と戦士たちの間を歩き、戦いへの指令を与えて回った。それから、自分の髪に背赤の鷹を結び付け、自分の頬に稲妻の絵を描き塗った。点々のある赤い牛の皮のケープ（肩掛け）を両肩に羽織ると、自分の軍馬にまたがって、一番近くにいた勇者たちに言った。

「ホッポー！　行くぞ」

　川と戦士たちの間に並行して、丘の長い稜線がローズバッドまで続いていた。丘の稜線の頂まで登って来ると、スー族の戦士たちには、自分たちの下方の谷が白人の兵

士たちでいっぱいになっているのが見えた。ちょうどその瞬間、クルック将軍のインディアンの斥候から叫び声が上がり、クルックの野営地へ駆け込んでいった。

「スー族が来ているぞ！ スーだっ！ 大勢のスーがやって来る！」

ほぼ同時に、けたたましくラッパが鳴り響いた。兵士たちは銃を摑んで走り、馬を回して戦線に並んだ。鋭い号令に従い、何人かが攻めてくるスー族に発砲して戦いが始まった。

一日中、広い谷を越えて尾根や断崖を登ったり下りたりして暴れ回った。最初はインディアンが勝っているように見えた。それから、沢山の、遠くまで届く銃で白人たちがインディアンを押し戻した。クレイジー・ホースは、自分の戦士たち数人が馬に鞭打って敵の領域から退却するのを素早く見つけた。

「強くなるんだ！ 家で待っている、弱く無力な者たちのことを忘れるな！ 勇敢な魂を持つ者は私に続け！ 臆病者は下がれ！ ホカ、ヘイ！ 今日は死ぬのにもってこいの日だ！」

と叫び、自分のライフルを掲げ、迫ってくる兵士たちに立ち向かって大胆に馬を走らせた。

「ホカ、ヘイ！」

とヒー・ドッグは大声で叫ぶと、くるりと馬を回した。それに続いて、他の者たちも、わめきながら向きを変えて乱闘の中に再び疾駆して行った。

「ホカ、ヘイ！」

　そこで今度は、猛烈に戦う戦士たちに三方を押されて、青い軍服の兵士たちが後ろに退き始めた。とうとう、ラッパが鳴り響いた。白人たちが退却し始めた。その時までに、太陽は空に沈み、白人の軍隊はグース・クリークの野営地へと川を渡って行った。

　インディアンたちはそれを追わなかった。もう弾薬や弓矢のほとんど全部を使い果たしてしまっていた。8人のスー族の戦士が殺され、幾人かは負傷していた。だが、クレイジー・ホースには、クルック軍の死傷者の損失の方がもっとずっと大きいことが分かっていた。

　とても苦しい戦いだったが、クレイジー・ホースは偉

大な勝利を勝ち得た。だが、本人も戦士たちもあまりにも疲れきっていて、大喜びする元気もなかった。夜明けまでに自分たちの大きな野営の集落に帰り着いた。

　次の日の朝、すべてのティートン・スー族のリーダーであるシティング・ブルは、クライヤーを送って全集落の皆に、全員リトル・ビッグ・ホーン川へと移動しなければならないと伝えた。

　そこは野営をするのに素晴らしいところだった。間もなく、集落の円をなしたティーピーの一連の輪が3マイルにもわたって川沿いに続いた。馬に食べさせるのに良い草にも恵まれていた。西の方にはバッファローもいた。そして、皆は白人から遠く離れているということが嬉しかった。

　その夜、どの集落でも踊りや歌で賑わい、次の朝には、皆がお互い行ったり来たりして、お互いのティーピーを訪れ合った。男たちは川の、冷たく澄みきった水をかけ合った。女たちの一団は丘に野生のカブを掘りに行った。戦士たちは座って、ローズバッドでの戦いのこと、白人のクルック将軍に対する自分たちのチーフ、クレイジー・ホースの大勝利のことを話し合った。

「もしクレイジー・ホースが、皆が1つになって戦うことを教えてくれなかったら、決して白人を追っ払うことはできなかったろう。それにしても、クレイジー・ホースは変わったチーフだ。自分の持っている物は、戦いに必要な武器以外はみんな貧しい者たちにやってしまうし、

人から褒められるのを望まない。それに──」

　レッド・フォックスがそう話していると、ビッグ・イーグル（大きな鷲）が割り込んで言った。

「ほら、クレイジー・ホースがこっちへ来るぞ！」

　クレイジー・ホースが大股で自分たちの前を通り過ぎてティーピーの前の馬に跨った時、皆は尊敬のまなざしで一斉に自分たちのチーフを目で追った。今のところはすべてがうまくいっているように見えたので、クレイジー・ホースはこの時、下流の最も遠いシャイアンの集落にいる友を訪問しようと出かけて行った。

　6月の暖かな日で、友人同士である2人は戸外に座り、いろいろなことを話した。そこへ突然、銃声が聞こえ、同時に使いの者が集落に走り込んで来て叫んだ。

「兵隊だ！　兵隊だ！　川の上流だ。ハンクパパ集落の南だ！」

　馬に飛び乗ると、クレイジー・ホースはハンクパパ集落に向かって馬を飛ばした。どの集落も、大きな物音と混乱でごった返していた。女たちは子どもの名前を呼びながら泣き叫び、赤ん坊を抱きかかえ、皆急いで集落から逃げ出していた。少年たちは大声で叫びながら、雷のような音を立てて馬を丘から麓へと追いたてた。リーダーたちは、鷲の骨でできた甲高い音の出る笛を吹いて戦士たちを呼び集めた。シティング・ブル、トゥー・ムーンズ、そしてすべてのチーフたちが叫んで号令をかけ指示を下していた。

戦士は走って行って馬に飛び乗ると、鞭打って戦いに直行した。スー族にとっては兵士たちを自分たちの集落に絶対入れないという決死の覚悟で、死に物狂いの戦いだった。やっとのことで、皆は多くの白人を殺し、兵士たちをリトル・ビッグ・ホーンの向こうに追い払うことに成功した。残りは丘の上へ避難した。それから、インディアンたちは兵士たちを丸くとり囲み始めた。が、その瞬間、別の警告の叫びが上がった。

「もっとたくさんの兵士たちが来る！　ずっとたくさんだ！　騎兵たちだ！　川下だ、ミネコンジョー集落から横切ってやってくる！」

「ホッポー！　勇気を出すのだ、友よ。1つになって戦うのだ。最後に残るのは大地だけなのだということを忘れるな！　強くなるのだ、そして恐れず、私に続け！」

　クレイジー・ホースはかけ声を上げ、大声で戦士たちに呼びかけた。

　頭上高くライフル銃を掲げて、戦士たちを後ろに従え、馬に鞭打ち、甲高い鬨の声を上げながら川を駆け下りた。間もなく、200騎以上の完全武装した青い軍服の騎兵たちはインディアンに囲まれ、皆命を懸けて戦った。兵士たちも勇敢に戦った。しかし、戦闘が終わった時、兵士たちは全員が死んでいた。

　すると、若い戦士たちは乱暴になり、勝鬨の叫び声を上げながら、死んだ兵士の衣服を剝がし、軍服や靴や白人たちの指から指環を引き抜いて取り上げた。

　クレイジー・ホースはそれを見て、頭を振った。クレイジー・ホースはこんなことはして欲しくなかった。しかし、皆を止めることもしなかった。皆は自分が教えたことをよく覚え守り、よく戦ったのだから。すると突然南の方で銃の発砲音を聞いた。勇敢な数人が、丘の上に避難した兵士たちを一掃しようとしているのだった。

　クレイジー・ホースは彼らの手助けに素早くその場を去って行った。しかし、この時までに青い軍服の兵士たちは、堅く防備した塹壕の中に身を置いていた。戦士たちは暗くなるまで戦ったが、兵士たちを撃退することはできなかった。

　多くのインディアンがその日の戦いで命を落とし、その夜、スー族が死者たちを葬る時、集落中が悲しみと弔いの泣き声で満ちた。次の朝早く斥候たちが、さらに兵士たちが大砲を持ってやって来ているという合図を送ってきた。大急ぎで、インディアンたちはトラボワに荷物を詰めて馬を返し、草に火をつけ燃やして北へと移動した。

　ほとんどの者は、この第2回目の戦いで青い軍服の兵士たちを指揮している男の名前をまだ知らなかった。だが、クレイジー・ホースは知っていた。シティング・ブルもだ。

　その夜、野営地が設営された時皆は休んだが、2人のチーフは、シティング・ブルのティーピーの外に座ってこれからの戦いについて話し合った。

「そうなのだ。昨日の最後の大きな戦いで軍隊を率いていたのは、ロング・ヘアー（カスター将軍）だったのだ」

　クレイジー・ホースが低い声で口に出すと、シティン

グ・ブルも、パイプの長い柄の火皿にたばこを詰めなが
ら、唸るように言った。

「ホウ！　そうだ。あれがカスターという白人の将軍だ。
彼は勇敢な男だった」

「そうだ、彼は勇敢だった」

とクレイジー・ホースも同意して、それから思慮深く
付け加えた。

「知っているか、友よ。我々は、昨日リトル・ビッグ・
ホーンでやっつけた以上に多くの兵士たちを殺したこと
はこれまでになかったのだ。だから、私は気分が良いは
ずなのだ。だが、私は我々のこの勝利に何か暗いものが
あるように思うのだ。非常に暗いものを感じるのだ」

シティング・ブルは何も言わなかったが、彼もまた重
い心で、将来を憂えていた。インディアンたちは２つの
大きな戦いで銃はたくさん手に入れたが、弾薬は少な

かった。

「我々は白人と永遠に戦うことはできぬ。狩りもしなければならぬ。そうしないと我々は飢える」と、クレイジー・ホースは思った。それから2人は自分たちの部族の者たちの将来について慎重に思いをめぐらした。2人は別れる前に、インディアンたちはもうこれ以上1つ所に大きな集落を作って一緒に暮らすべきではないと決めた。

「我々が離れ離れになれば、兵士たちが我々の居場所を見つけにくくなるだろう」

疲れ果てて、のっそりと立ち上がりながらシティング・ブルが言うと、

「また、我々皆にとっても、バッファローを見つけやすくなるだろう」

パイプの灰を叩きながらこう付け加え、クレイジー・ホースもまた立ち上がって、ゆっくりと自分の集落へ馬で戻って行った。

しかしながら、インディアンたちは直ちに離ればなれに散らばったわけではなかった。まず、皆はずっと北へ移動し、大きな「勝利のダンス」を催した。それから、サクランボが黒くなる月の7月のある日、斥候たちが鏡の合図で、さらに兵士たちがずっと遠くにやって来ていると知らせて来た。そこで、この大きな集落は解散して別れが始まった。

お互いにさよならをできるだけ元気に交わし合った。

176

いつの日か、白人が去ってこの土地が平和になったら、また会おうと言い合った。しかし、多くの者は、無言のうちに、その再会の日は決して来ないだろうという気がしていた。実際その日は来なかった。

第17章　戦いの終わり

　クレイジー・ホースの母はイライラして言った。
「もう1回見てちょうだい。ブラック・ショールや、私の息子が帰ってきているかどうか、見ておくれ」

　ブラック・ショールはウサギのシチューをかき混ぜていたスプーンをしぶしぶ置いた。太陽が西の空に沈んでから三度目、ティーピーの入り口から出て、柔らかな春の宵、遠くを凝視していた。

「いいえ、クレイジー・ホースはまだ丘の上に1人で座っています」

　と妻のブラック・ショールは咳を抑えながら言うと、老女は悲しそうに繰り返して言った。
「1人で？　なぜ息子はいつも1人でいなきゃならないの？　父親にも話そうとしないのかしら」

「夫は1人で座るのです。皆のために大きな決断をしようとしているのです。考えるためには1人でいなければならないのです」

　ブラック・ショールはそう言うと、小さなため息をついて、料理の火のところに戻り、ボロボロになったモカシンをつまみ上げて、古い鹿皮の切れ端を当てて繕い始めた。そのモカシンは、白人のチーフ、ロング・ヘアーのカスターとの大きな戦いより前、何ヶ月も前の幸せな時に作ったものだった。

　あの戦いから後、生きていくのはとても困難になった。ロング・ヘアーとその兵士たち全員が殺されたと知った時、白人たちは烈火のごとく怒った。すぐに白人の大統領は、パウダー川の土地を兵士たちでいっぱいにし、インディアンたちを狩り出し、探し、追跡して捕らえるよう指示した。

　しばらくの間は、インディアンたちは青い軍服の兵士たちを寄せ付けず抵抗した。だが、とうとう、シティング・ブルとハンクパパ族は、カナダと呼ばれる土地へ逃れざるを得なかったのだ。そして、オグララ族はハンギングウーマン・クリークの冬の野営地から追い払われた。その後、多くの家族が生き延びるためにレッド・クラウドの保留地のある南へと急いだ。そこでは皆、白人の銃の脅威からは免れていた。

「だけど、まだたくさんの人たちが残っているもの。そうよ、夫が連れて行くならどこへでもついて行くという人たちが、たくさんいるのだもの」

　と、ブラック・ショールは、かがんで火をつつきながら誇らしげに思った。

　しかし、クレイジー・ホースは皆をどこへ導き連れて行けるだろうか？　それが問題であり、それこそが、クレイジー・ホースが1人座って心の中で解決しようとしていたことだった。

　クレイジー・ホースに従う者たちは飢え、着る物にも困り、疲れきっていた。戦いにも疲れ果てていた。戦士

たちにはもう武器もなかった。馬たちは骨と皮ばかりに痩せ細った。そして、バッファローは追い払われていた。スー族が降伏し、レッド・クラウドの保留地に合流するなら、食料も衣服も毛布も、擦り切れたティーピーに代わるテントも提供すると、白人たちは何度もなんども申し出ていた。

　クレイジー・ホースは1人つぶやいた。
「もし、皆が救われるのならば、私に残された道はただ1つあるのみ。それは、壁のない牢獄、保留地に皆をまっすぐ導くことだ」

　不意に、クレイジー・ホースは呻いた。今まで以上に白人たちを苦々しく憎んだ。自分の自由を諦めることに耐えられるだろうか？　——かつては自分たちの土地だった今の白人たちの国で暮らすことに、耐えられるだろうか？　白人の兵士たちに監視され、命令されることに、クレイジー・ホースは耐えられるだろうか？　本当に、それは戦いよりももっと勇気のいることだったろう。

　ふと遠くから言葉が聞こえてきたように思い、クレイジー・ホースは、自分の父の声を聞いたように思った。クレイジー・ホースの心の中で、自分が、あのたくさんの星の輝く空の下、丘の頂に座っている子ども時代の少年に再び戻っていた。あの夜、父は他に何を言っただろうか？　あの夜、1万もの幸せな人々の、星のように輝く野営の集落の火を見下ろしながらクレイジー・ホースが、自分の見たヴィジョンのことを父と2人で語った時、

父は他に何を言っただろうか？

「人は、自分のことを考える前に、他の人々のことを考えることによって勇敢になれる。だが、その道は厳しい、息子よ」

と父は言っていたのだ。その道が、これほど難しく苦しいものか、これまで夢にも分かっていなかった。

「今、白人たちに降伏するくらいなら私は死んだ方がましだ。だが、私についてくる者たちにとっては降伏する方がよい、と分かってはいる。それでも私は死を選びたい」

とクレイジー・ホースは悲しく思った。

クレイジー・ホースは立ち上がって、ゆっくりと丘を下り始めた。集落に着くと、レッド・クラウドの保留地の担当の役人に使いを出し、オグララ族は今からそち

らへ合流すると伝えた。

　それは子馬を納屋に入れる月の5月、雲ひとつない日だった。長い列がホワイト・アース川の保留地に向かってゆっくりと進んだ。クレイジー・ホースは、1本の羽根を髪に挿し、大きな白い馬に背筋を伸ばしてまっすぐに座って先頭で皆を率いた。その横に、リーン・ホーク（痩せた鷹）、ビッグ・ロード、ヒー・ドッグ、そしてリトル・ビッグ・マンがそれぞれ顔に色を塗って、大きな羽根飾りの戦闘帽をかぶって続いた。次に、戦士たちが槍、弓、銃をもって続き、それから、女や子どもたちがトラボワや荷駄用の馬と共にやって来た。

　インディアンたちの大きな群衆と白人たちが、オグララ族の者たちとその有名なウォー・チーフを一目見ようと集まっていた。青い軍服の兵士たちが道の両側に1列に並び、万一に備えていた。

　クレイジー・ホースは右にも左にも目を向けず、その兵士たちの前を通り過ぎた。口をきっと結んで、保留地の近くの砦を通り過ぎて、自分たちの集落のために空けて用意してある広場まで、自分に従ってきた者たちを導いた。目は怒りでギラギラと燃えていたが、馬から下りるよう命令され、自分の馬が連れていかれた時も黙っていた。それから、すべての馬とすべての武器も取り上げられたことは見るに堪えられなかったが、戦えなかったのはもっと耐え難かった。そして、戦士たちは自分たちのチーフのクレイジー・ホースを見ていたが、自分た

ちもチーフと同様に平和を守った。

　ほどなくして、女たちが大きな円を作ってティーピー
を建てた。そして、「自由を愛するオグララ部族」は保
留地の中で自分たちの生活に落ち着こうと努めた。

　住み心地の良いものではなかった。やることもなく、
どこへも行けず、皆はだんだん落ち着かなくなり、みじ
めで憂鬱になってきた。戦士たちの間で口論が起こった。
白人のやり方をたやすく受け入れる者たちがいると言っ
て怒る者たちもいた。リトル・ビッグ・マンは、白人た
ちをしきりに喜ばせようとするように見える戦士の１人
だった。

　クレイジー・ホースには、子どものころからの友のこ
の変わりようは理解できなかった。しかし、そのことを
あまり深くは考えなかった。そして、自分に従ってきた
者たちのところに行って、皆がよい待遇を受けているか
を見て回り、後は、できるだけ妻のブラック・ショール
と一緒に過ごした。ブラック・ショールが白人の咳の病
（結核）になっていたからだった。ブラック・ショール
は日に日に弱り、クレイジー・ホースは彼女が死ぬので
はないかと心配した。

　ある日、ブラック・ショールはクレイジー・ホースに
懇願した。

「スポッテド・テイルの保留地の私の家族に会いに行
きましょう。私の家族たちと会って話をしたらきっと気
分が良くなるから」

「ホウ、行こう」

　とクレイジー・ホースはすぐに言った。間もなく、ク
レイジー・ホースとブラック・ショールはスポッテド・
テイルの保留地への途上にあった。

　ところが、クレイジー・ホースがレッド・クラウドの
保留地を出たという情報が、保留地とその近くのロビ
ンソン砦の兵士たちの間に、まるで山火事のように広
がった。白人たちにとって、クレイジー・ホースほど怖
いインディアンは1人もいなかった。白人たちは、互い
に興奮して言い合った。

「クレイジー・ホースが逃げた！」

「クレイジー・ホースはスポッテド・テイルの保留地

のブルーレ族をオグララ族に加わるように説得して皆を導び、我々に対して最後の戦いを挑んで来るだろう。すぐに彼を引き止め連れ戻さなければならない」

　直ちに55人の白人たちに友好的なインディアンの斥候たちが、チーフ、クレイジー・ホースを捕らえるために送り出された。斥候たちがクレイジー・ホースとブラック・ショールに追いつき、2人を取り囲んだ時、2人はもうほとんどスポッテド・テイルの保留地まで来ていた。インディアンの1人がチーフ、クレイジー・ホースの馬の手綱を掴んで、叫んだ。

「お前は逃亡した。逮捕する！」

　クレイジー・ホースは堂々と後ろに引いた。そして、静かに言った。

「私はクレイジー・ホースだ。私に触るな。私は逃げてはいない。私は病気の妻を実家のスポッテド・テイルの家族のところに連れていくのだ。手綱を放してくれ！」

　少し恥じたように見えたそのインディアンの斥候は、クレイジー・ホースの言葉に従った。それから、その斥候と他のインディアンたちは退いて、クレイジー・ホースの後に続いてスポッテド・テイルの保留地の中に入って行った。そこで、ウォー・チーフのクレイジー・ホースは担当の役人にレッド・クラウドの保留地に戻るよう通告された。リー少佐が言った。

「私がロビンソン砦まで同行しよう。そして、そこで保留地を出た理由を兵士長に伝えるとよい」

185

「ホウ、そうしよう。私が今、私自身と私のオグララ族の皆のために望むことは、平和で平穏であることだけだ」

クレイジー・ホースは同意し、静かな威厳を持って言った。

クレイジー・ホースとリー少佐とインディアンの斥候たちが戻ってきてロビンソン砦の中に入った時は、太陽が沈みかけていた。すぐに、リー少佐は、クレイジー・ホースが到着し、貴殿に伝えたいことがあると言っていると司令官に伝言を送った。しかし、司令官は、今夕は話をするには遅すぎると答えてきた。そして、今夜クレイジー・ホースのために用意された場所で会うことになっているケニングトン大佐と共に行くよう、クレイジー・ホースに命令した。クレイジー・ホースは疲れていたし、白人たちとこれ以上のごたごたは起こしたくなかった。それで、ケニングトン大佐に挨拶し、砦の一部にある長い建物の中を大佐と一緒に歩いた。護衛たちが自分の後ろについて来るのが、クレイジー・ホースには奇妙に思えた。そして、リトル・ビッグ・マンが、友人というには程遠い険しい態度でクレイジー・ホースのすぐ近くを当然のように歩いていた。

クレイジー・ホースはリトル・ビッグ・マンに話しかけようとしたがやめた。ケニングトン大佐が長い建物のドアを開け、クレイジー・ホースは中に足を踏み入れた。突然、一瞬立ち止まった。眼前に格子の付いた監房

186

があり、足に鎖をつながれた男たちが見えた。クレイジー・ホースは騙されたのだ！　白人たちはクレイジー・ホースを牢獄に入れようとしているのだ！　一瞬、「白人の牢獄」に対する恐れがクレイジー・ホースの頭の中を駆け巡った。クレイジー・ホースは憤怒の叫びをあげ、腰のベルトからナイフを抜き、ぐるりと向きを変えた。リトル・ビッグ・マンが、クレイジー・ホースを地面にねじ伏せようと、クレイジー・ホースの腕をつかんだ。

「放せ！　放せ！」

外に出ようと抗いながらクレイジー・ホースは叫んだ。

しかし、今度は数人の護衛たちがクレイジー・ホースを捕まえ、斥候たちは銃を構えた。

「殺せ！　クレイジー・ホースを殺せ！」

と何人かの将校が叫ぶと、クレイジー・ホースの後ろに立っていた兵士が、銃剣を持って突進して来てクレイジー・ホースを三度突き刺した。チーフ、クレイジー・ホースはゆっくりと崩れ地面に倒れ沈んだ。

次の朝、太陽が昇ってくる前に、かの勇敢で寛大で思慮深いスー族のウォー・チーフは死んだ。クレイジー・ホースは自分の部族の人々の自由のために勇敢に戦った。そして、戦いには負けたが、どこであれ自由を愛するアメリカ人は、皆胸を張って、誇らしく真のアメリカ人である偉大な名前、クレイジー・ホースの名を忘れはしない。

あとがき

　私はアメリカ・モンタナ州に二度にわたって住んだことがあります。一度目は1988年に半年（Bozeman、ボウズマン市）、二度目は1999年からの１年間（Missoula、ミズーラ市）です。私のアメリカ先住民（ネイティブ・アメリカン、インディアン）に関する興味はその折喚起され、その悲しい歴史と素朴で気高い文化や生き方に惹きつけられました。インディアンの人たちは、それぞれに自分たちの偉大なる神を信じ、すべてのものが魂を持ち、動物も植物も同じ海、空、山、川、石や大地という大自然の中の生き物として、時に敵・味方として命を与え合い奪い合いつつも互いに敬い合い、バランスを取って助け合いながら、生かし生かされているという生活をしていたのだと思います。初めは、人も動物や植物と話ができていたのだそうです。

　インディアンが差別用語ということで、一般的にはアメリカ先住民（ネイティブ・アメリカン）と呼ばれることになりましたが、誇り高いインディアンの人たちの中には、むしろ「インディアン」と呼ばれたいという人たちもいるということです。それから1988年当時私が接したアメリカ・インディアンの人たちは、日本のアイヌ民族とも同胞だと言い、日本人の私たちにとても親しみと関心を抱いてくれました。

一度目の滞在中に、MSU（Montana State University、モンタナ州立大学）でRocky Boy（ロッキーボーイ）族の1人から、「インディアンを殺して頭皮を役所に届けると、大人が15ドル、女が10ドル、子どもが5ドル。頭の皮を剥がしたのは白人がやったことだ！」と聞かされ仰天しました。

最近本で知ったのですが、頭皮剥ぎは勇敢さの証にやっていた部族もあったものの、白人政府はそれを公的政策に使ったのだそうです。しかも、インディアンの奴隷売買もあり、奴隷はアフリカ系黒人だけではなかったのです（『アメリカ・インディアンの歴史』富田虎男、雄山閣）。私がそれまでに見たほとんどの西部劇の映画などでは、いつもインディアンが罪のない白人を襲い頭の皮を剥ぐなど残酷なシーンがあり、目をそらしたものです。

それからできるだけ事実を知りたいと思い、NAS（Native American Studies、アメリカ先住民研究）を聴講しました。ちょうどそのころ、キャンパスでもインディアンたちの意識向上と伝統文化への誇りの回復と、保留地での生活改善などの機運が高まり、すでに失われたり、失われつつある自分たちの言語や物語の復興活動が始まっていました。それから10年後、1999年のミズーラのUM（University of Montana、モンタナ大学）では、NASは1年生全員の必修科目となっており、

Blackfeet（ブラック・フィート）族の人たちに、1988年にすでに作り始めていた自分たちの言語の辞書が出来上がっていると聞きました。Salish（セイリッシ）の人たちも、セイリッシ語を話せるのがわずか1人しかいないという現実に危機感を覚え、自分たちの言語の維持継承に奮闘していました。大部族、白人と友好的だったクロウ族の保留地のLodge Grass High School（ロッジグラス小中高校）では、以前からクロウ語と英語で授業が行われているのを、1988年に見学させてもらったことがありました。

　UMでの聴講ではインディアンに関する、インディアン自身によって書かれた本も読みました。白人による聞き書きから、インディアン自身の英語の文学作品も多くなり、当時存命だったジェイムズ・ウェルチ（James Welch）氏に関する卒論のための調査研究に、夏休みを利用してフランスからミズーラまで来た大学生もいました。保留地の中では、本当に自由な心身の活動ができず酒に溺れる人もいたようです。そんなだらしなくやり場のないインディアンたちの惨めな状況に打ち勝ち、多方面の学問・文化・芸術に多くのインディアンが活躍するようになっていました。

　インディアンと白人との間で結ばれたすべての条約が破られ、白人による多くの虐殺、インディアン人口の激減、保留地へ追いやられた「涙の行進」、強制白人化な

ど生々しい事実を、アメリカの若い世代の人々が先住民インディアンたちの悲しい歴史の事実から知り、学ぶ人たちが広がっていて、アメリカ先住民の復権運動と伝統や文化の復興の確実な前進を実感しました。

　たまたまモンタナ州は、多くのインディアンの部族、特にバッファローと共存する平原インディアン（Plains Indian）たちの歴史の舞台であったのです。MSUのキャンパスにも学びに来ている部族の人たちがいました。Rocky Boy（ロッキー・ボーイ）、Crow（クロウ）、Shoshone（ショショーニ）、Cheyenne（シャイアン）の人たちとは直接お付き合いができました。Rocky Boyの家族と一緒に温泉に出かけたり、今日は食料品の配給日だからとCrowの母親と、インディアン・フライブレッドやインディアン・タコスを一緒に作ったり、パウワウ（powwow、年に一度か、二度部族が集結するお祭り）に着て行く服やモカシン、ビーズのイヤリング作りなどをShoshoneの女性と一緒にやったりしましたが、Sioux（スー）族の人には出会いませんでした。ただ、Great Teton（グレイト・ティートン）という山にハイキングに行き、この辺りも大きなスー族の土地だったのだと今にして感慨深く思います。当時私はまだスー族については何も知らず、Wounded Knee（ウーンデッド・ニー）で虐殺されたのがスー族であったこと、リトル・ビッグ・ホーン戦場で戦った英雄の1人がクレイジー・

ホースだったということもまったく知りませんでした。
　そんな中で聞かされる言葉の端々には、未だに白人たちとの確執は取れていないと感じることばかりでした。私の目には白人にしか見えない金髪で色白のRocky Boy の女の子が、学校で「汚い」と言っていじめられ不登校になったとか、大学教授から「Water Microbiology（水中微生物学）などお前には無理だ、ドロップアウトしろ」と言われ、「絶対やめない、差別に負けない」と頑張っていた Shoshone のシングルマザーもいました。白人の台所は汚いだとか（私はそれと同じ反対のことを白人が言っているのを聞いたのですが）などという話も、真偽のほどは定かではありませんが聞きました。
　そういえば、1988年初めてのアメリカで、私がボウズマン（Bozeman）市に到着してすぐに知ったのは、毛皮商人ボウズマンとリトル・ビッグ・ホーン（カスター・バトル・フィールド、Custer Battlefield）のカスター将軍という２人の名前でした。土地の人が言うには、２人ともあまり評判の良い人ではなかったように覚えています。クレイジー・ホース (Crazy Horse) の名前は、その時聞いたか聞かなかったか記憶にもなく、全く彼のことは知りませんでした。そのように、私はまだ遠いよその出来事として、生半可な関心や理解しか持っていませんでした。

　クレイジー・ホースに気づき関心が集中していったの

は、UMでのNASの授業からです。

"Black Elk Speaks" *"Lame Deer"* 他数冊、*"To Kill an Eagle"* と読み進み、クレイジー・ホースに焦点が絞られ、アイダホ州のCollectibles（コレクティブル、蒐集品の店）と呼ばれる骨董のお店で、青少年向けの伝記シリーズのこの本を見つけたのです。インディアンの知識に乏しい私たちに簡潔に語り、また言葉より多くを語る素晴らしい挿絵に惹かれて迷わず買いました。ざっと一読して、かわいい子ども時代のカーリー少年から、逞しく成長するクレイジー・ホースの人柄にいよいよ強く感動しました。そのころ、他にもインディアンの絵本を翻訳してみようと思い始めていて、インディアンのことをもっと知りたいと努力はしましたが、それは決して研究的ではなく、深く正当な知識とは言えないものでした。

　インディアンへの関心と共感の入り口は、それぞれの部族が持つOrigin Story（オリジン・ストーリー、部族の起源の物語）と、自然の掟や生き方を寓話で教える学校ともいえるWigwam（ウィグワム）という、小さなティーピー（テント）に子どもたちを集めてお話をする口承物語、部族の語り部たちによるストーリーテリング集 *Wigwam Evenings* の「お話集」です。長く生き抜いてきた者たちが、動物たち（命あるものたち）は、その大小にかかわらず、知恵や愚かさでその生死が決まる

ということを語り教えるのです。年長者を敬い大切にする礼儀作法や人として何が誇りなのか、力とは何なのかを分からせ、他人（ひと）を思いやる優しさ、思慮深さが偉大な人をつくるのだということ、厳しい大自然の中を生き抜いていかねばならない部族のやり方を教えるのです。もう1つ、インディアンの生き方に畏敬の念を持ったのが、思春期の子どもたちを導く Vision Quest（ヴィジョン・クエスト、断食による霊夢体験）の伝統です。11歳から13、4歳で、神である創造主（Great Spirit、Great Mystery）に、自分の使命や自分の将来の生き方を導いてくれるように全身全霊で祈り、神からの導きを授かる儀式で、部族の長老による許可を受けて、丘に登り四日四晩を1人きりになって断食をするのです。ちょうど日本の中学2年生で行われる立志式に似ているなと思いました。それに加えて、インディアンの社会がいかに人を含めすべてをあるがままに受け入れ、大切にしたかということに驚き、敬意を感じました。いろいろな障害を持つ人も、性的少数者も、単なる人道主義からではなく、それぞれに与えられた神の力を持つ者として敬い、排除したりしないのです。万人が平等で貧乏人もいない自然発生的共同体、原始共産制という社会だったそうです（『アメリカ・インディアンの歴史』）。それは、やがて新しい文明社会（利害、所有欲、略奪、貪欲などの利己的な階級社会）に滅ぼされていく運命にあったのです（『アメリカ・インディアンの歴史』）。

アメリカ・インディアンの精神主義的な生き方は、素朴で今一番必要とされていている平和的共存の精神だと思います。

　世界中が新型コロナウイルスというパンデミックの禍中にあり、地球温暖化による異常気象災害が世界のあちこちを襲う昨今、私は文明社会の功罪に思いが至ります。多くの人工的な便利なものに囲まれ「快適」に暮らして、私たちは、自分自身が自然の一部であることにも気づかず、自然のあり方を忘れ、自然の教えや厳しさを知らずにいるのかも知れません。そのことを、私はインディアンの部族から教えられました。そして、インディアンに限らず、終わりを告げた昔の生き方を通して、郷愁のような懐かしさを感じ愛おしく思われるのです。そして、まだ学び実践できることがあれば昔の生き方を学びたいと思うのです。奇しくも "Black lives matter."〈黒人の命も大切、黒人の命を守れ！〉と、再び声の上がるこのごろ、自分たちの利益のためだけに差別され虐げられ征服されてきた人々の歴史の中に、誇りを持って勇敢に戦ったアメリカ先住民もいるのです。私たちは、その文化や生き方に今も多くを学べるのではないでしょうか。世界中が一瞬でつながる現在、クレイジー・ホースのように「そっとしておいてほしい」という意味での「真の自由」を求める人たちが今もいるのではないでしょうか。

著者について

　エニッド・ラモンテ・メドウクロフト（Enid Lamonte Meadowcroft）はニューヨーク市に生まれたが、子ども時代のほとんどをニュー・ジャージー州のクランフォードで過ごした。11歳の時、3人の学友と面白い冗談と物語でいっぱいの小さなこんにゃく版の新聞をつくり、それを裏庭の物置小屋で、1部5セントで販売した。それが、彼女が書くことに興味を持った最初の時だった。それからさらに彼女は興味を募らせていった。『クレイジー・ホース物語』（"CRAZY HORSE:SIOX WARRIOR"）は少年少女向けの彼女の19番目の本である。彼女は、メインからオレゴンまで9つの州に住み、また海外旅行も経験した。現在は夫ドナルド・ライトと共にコネティカット州のレイクビルに在住。読書、水泳、歌、ピアノ演奏、庭仕事などが好きで、近所の子どもたちが放課後にお菓子目当てやちょっとしたことで立ち寄ると、一緒におしゃべりを楽しんでいる。（1954年出版当時）

訳者プロフィール

髙木 悌子（たかき ていこ）

1944（昭和19）年　台湾生、熊本県在住。
熊本大学法文学部英文科卒。
熊本県公立中学校勤務（内3年間のみ同県小学校教諭として勤務）。
県より派遣され1988年（昭和63年）に、アメリカ・モンタナ州モンタナ
州立大学に半年間留学。退職後、1999（平成11）年～2000（平成12）年
に、アメリカ・モンタナ州モンタナ大学で1年間学ぶ。
著書に『絵筆の花～インディアン・ペイントブラシ［翻訳・作品集］』
（暮らしの手帖社、2012年）がある。

装画・挿絵／髙木悌子

クレイジー・ホース物語 THE STORY OF CRAZY HORSE

2021年10月15日　初版第1刷発行

著　者　エニッド・ラモンテ・メドウクロフト
訳　者　髙木 悌子
発行者　瓜谷 綱延
発行所　株式会社文芸社
　　　　〒160-0022　東京都新宿区新宿1-10-1
　　　　　　　　　電話　03-5369-3060（代表）
　　　　　　　　　　　　03-5369-2299（販売）

印刷所　株式会社フクイン

ISBN978-4-286-22353-7